看,我的绿洲风情

KAN WODELVZHOUFENGQING

王云鹏 著

上海文艺出版社

Shanghai Literature & Art Publishing House

图书在版编目（CIP）数据

看，我的绿洲风情 / 王云鹏著 . -- 上海：上海文
艺出版社，2024. -- (忻州书香 / 梁生智主编).

ISBN 978-7-5321-9112-3

Ⅰ . I267

中国国家版本馆 CIP 数据核字第 2024QY6938 号

发 行 人：毕　胜
策 划 人：杨　婷
责任编辑：李　平　韩静雯
封面设计：悟阅文化
图文制作：悟阅文化

书　　名：看，我的绿洲风情
作　　者：王云鹏
出　　版：上海世纪出版集团　上海文艺出版社
地　　址：上海市闵行区号景路 159 弄 A 座 2 楼
发　　行：上海文艺出版社发行中心发行
　　　　　上海市闵行区号景路 159 弄 A 座 2 楼 206 室　201101　www.ewen.co
印　　刷：成都市兴雅致印务有限责任公司
开　　本：880×1230　1/32
印　　张：95
字　　数：2280 千
印　　次：2025 年 7 月第 1 版　2025 年 7 月第 1 次印刷
Ｉ Ｓ Ｂ Ｎ：978-7-5321-9112-3/I.7164
定　　价：398.00 元（全 10 册）

告读者：如发现本书有质量问题请与印刷厂质量科联系　T：028-83181689

看，丰庆镇的四季风情！

时光悄然流逝，回首过往，那一篇篇关于家乡丰庆镇四季风情的文字，宛如岁月长河中熠熠生辉的明珠，串联起了我这十多年来的记忆与情感。

十多年前，仿佛是命运的指引，又或许是内心深处那一抹对家乡、对自然的眷恋，我拿起了笔，开始记录下家乡的点点滴滴。

那时的我，从未想过自己会坚持这么久，也未曾料到这些文字会汇聚成一本散文集。只是单纯地觉得，家乡的四季风情太美，美到我无法将其藏于心底，必须用文字将其定格，让它们在时光中永恒。

我的家乡，绿洲丰庆大地，承载着我太多的情感与回忆。春去秋来，花开花落，大自然在这里尽情地展示着它的神奇与美妙。春天，是希望的季节。当第一缕春风轻轻拂过脸颊，我仿佛能听到大地从沉睡中苏醒的声音。田野里，嫩绿的麦苗在微风中轻轻摇曳，像是绿色的波浪在翻滚。水渠边的柳树也吐出了新芽，千万条柳枝在风中舞动，宛如绿色的丝带。那粉色的榆叶梅、白色的李花竞相开放，将整个家乡装点得如诗如画。

我漫步在乡间小道上，感受着春天的气息，记录下春天带给我的那份喜悦与感动。

夏天，是热烈的季节。炽热的阳光烘烤着大地，这是农作物旺盛生长的时期，我将这些感受融入文字，让夏天的热情在字里行间流淌。

秋天，是丰收的季节。滚圆的南瓜，仿佛在向人们诉说着丰收的喜悦。果园里，红彤彤的苹果、海棠果挂满了枝头，散发着诱人的香气。农人们忙碌的身影在田间地头穿梭，脸上洋溢着幸福的笑容。我必须记录下秋天带给人们的喜悦与满足。

冬天，是宁静的季节。雪花纷纷扬扬地飘落下来，给大地盖上了一层厚厚的棉被。整个世界仿佛都安静了下来，只有雪花簌簌落下的声音。我想让冬天的宁静与温暖永远留在文字中。

　　在这十多年的记录过程中，我从未刻意去追求某种写法或章法。看见起风了，就写风；看见下雨了，就写雨。风，在我笔下有时是温柔的抚摸，有时是狂野的咆哮；雨，有时是细腻的情思，有时是磅礴的气势。我只是顺着自己的想法，将内心的感受真实地表达出来。因为我知道，文字的力量在于它的真诚与自然。

　　十多年间，我每时每刻体验着丰庆镇四季风情的美丽与神奇。我告诉自己，一定要将这份美好传递下去，让更多的人感受到来自家乡丰庆镇的魅力。

　　这里的每一篇文章，都是我用心去感受、用爱去书写的。我希望通过这些文字，能让读者感受到我家乡的美丽与温暖，能让大家在忙碌的生活中找到一片宁静的心灵绿洲。

　　在未来的日子里，我还会继续坚持记录家乡的四季风情，继续用文字去描绘那片我深爱的绿洲。因为我知道，家乡的美是无穷无尽的，而我的文字之旅也永远不会停止。

　　让我们一起在文字中感受大自然的魅力，感受家乡丰庆镇的四季风情。

王云鹏

2022年3月

目 录

看，草尖挑绿！

屋顶是斜坡的，太阳将积攒一冬的积雪往屋檐处驱赶，大规模地驱赶，让屋檐下方挂满长短不齐的冰溜子，太阳再加把力，冰溜子便滴滴答答下起了小雨。

气温缓慢地攀爬，累了会停下来小憩，歇够了再继续攀爬，反反复复地爬到零摄氏度以上的时候，旷野那拱出地表的草尖，早有一抹绿色扎眼地释放着重生的气息。

已是三月下旬了，常走的小土路，一日三变展示它的模样。早起，它用硬朗接受行人坚定的步伐，一个大太阳过去，它会指挥行人跳跃腾挪，行人踮起非常规的步履，像极了足尖上的艺术。路面不曾完全消解的冰水混合物很有可能就是一个小型沼泽地，小土路就这样天天变身，最终慢慢定型，不再用泥泞来展示它的存在。

枯草温柔，在野外散布着脉脉温情，一场生命接力赛正在孕育，孕育是平和的、缓慢的、不事张扬的。此刻，没有激烈的拼杀，没有大刀阔斧的冲刺，有的只是一个漂亮的移交。枯草诞生于去年的此时，它深知吮吸冰雪混合物的清爽，它更知道新的生命正挣扎着从地下向地表涌动。草尖挑绿，它得到了向上的力量，它会用尽全力，探出头来看看这个世界到底是怎样的纷繁复杂。

一抹新绿隐藏在枯草丛中，不起眼的小模样，那是今年新发的草尖，它的瘦弱比对着枯草的繁茂，浸染雪水的湿润，草尖上的新绿有着一丝滑过心底的妩媚。这毕竟是冰雪孵化的新生儿，在泥泞与不堪中散发出一道新生的光芒。

草尖是会散发光芒的，一点一斑的光影在草尖顶端舞蹈。单色的绿在太阳的照耀下，渐变为七彩绿色，一柄新发的草尖会用稚嫩托举着一串串绿色的光晕，晃动着周围逐渐却步的积雪，白色的积雪是一个大的舞台，星星点点的草尖镶嵌其间，光芒射向天际，与太阳的光芒遥相呼应。新发的草尖是带着光芒诞生的，它在借力散发无畏。

草尖是欢笑的，窜出地表时，它会尖叫一声，那是破土成功的欢笑。就算站在寒风中，它依然会保持微笑，给整个沉寂的旷野不断输入暖流，喝上一口冰凉的雪水，而后将晶莹雪水转换为绿色的涌动，充满整个身体。草尖喜爱欢笑，它用欢笑迎接重生。

草尖有爱，不管如何风云变幻，不管怎样生不逢时，只管爆发潜在的执着，对生命的渴望。东风第一枝的名头向来与它无关，那又怎样？草尖的力量是一柄利剑的化身，它只在乎挑破，谁最先挑起绿色，谁就是胜利者。

在远没有花红柳绿的时间里，草尖新冒发的新绿挑破冰雪所设的困局。草尖有爱，独自站在孤寂处，将凛冽抛在身后，将绿色栽满旷野。

草尖挑绿，旷野新一轮的生长由此始发。

看，春忙的节奏！

春日的太阳已经有了火辣的劲头，这个春天的气温已经上升到一定的高度。很想知道，今年，熟悉的人们在干什么，他们的春忙还有没有去年春风十里的浩荡与长驱直入？

进入五连地界，七斗的排碱渠和机耕道又有挖掘机重新大修过的痕迹，这已经不知道是多少遍的推土再摊平，整个排碱渠和机耕道都有了虚无缥缈的浮夸感。想必，这样的模样才是农田标准化的达标产物。

沿途，只有谈情说爱的小鸟忙碌地鸣叫，告诉路人，这是春天，是一个播种的好时节。但，大田安静，没有人与机车的身影，只有散漫的阳光无遮拦地铺展。

进了连队，一车有机肥已经卸载完毕。这是为种植有机谷子专门拉来的有机肥，这个有机肥是黑色的粉末，装在光鲜亮丽的袋子里，身价立马不一样了。实际上就是牛羊粪的重组，如果是原生态的话，绝对不会把它们请进新装修的办公室，现在是袋装的形式，便也就深藏进了这间承担图书室功能的办公室，心疼雪白的墙面三秒钟。

谷子的种植计划其实去年就有的，今年，算是落下一个实锤。准备好种子、地膜、有机肥、滴灌带，职工去种植，这样才有人根据自己的需要去安排种植。

说气候深刻影响春播，还是表面化了一点。其实，最影响春播进度的是各自的想法与下赌注前的左右衡量。

就目前的春播来看，播下去的地块连四成都没有，有的人两口子都出去打工了，土地就做了流转。同学小五也走了"土地包给别人种"这条路，自己回北屯当起了快递小哥，一手拿着包裹，一手拿着手机，忙得都顾不上点头打招呼。

　　还有的老伙计再也不去隔壁连队种地了，只想守着自己的地，杂七杂八都种一点。他会看天，他说："播种还早呢！"他还听从建议，再过半个月播葵花最合适，所以，他一直在等，他名下的地块全部都在耐心地等。

　　卖小鸡的吆喝声也就是春天这几天才能听到，去年的录音，今年听来，还是那么熟悉。

　　去下一个连队转转，地里有播种机在跑，这是沿途能看到的，一如连队干部的真切希望。干部盼着能把沿途沿线的地块早早播完。

　　再去下一个连队，地面摊晒的是五花八门的葫芦瓜种子，色彩艳丽地照着春日有温度的暖阳。一辆流动的卖菜车，伴着喇叭里的叫卖声，给人陡然一个猝不及防的烟火气。

　　再转一个连队就到下班时间了，一样空旷的连队，一样平静的大田，很有千人一面的即视感。

　　布谷鸟的深情呼唤与连续催促也是春忙的一个节奏。

看，风从林间走过！

风是好风，不暖不凉；风是好风，不急不迟。风从林间不暖不凉、不急不迟地走过，只是悠闲自在地走过，无牵无绊地走过，或者就是无意义地走过，谁知道呢？

林间的主路提前享受了融雪性洪水的泛滥，一整条路形成了一个带状湖泊，风走过时，还有洒满太阳光的波纹在晃动。虽然这波光泛起土黄色的泥水样，但毕竟有风的存在，搅动了这一池泥水，多少有点灵动在里面。

这是一条土路，走的人多了，便成了路的那种路，它无须缴纳养路费，所以走的车多了，车辙便也多了起来，在林间的道路变成一池泥水的所在，也就理所当然、顺理成章了。

林间的小鸟可不会去走这样低端的路，它们高栖在大树的顶端，要么叽叽喳喳聊天，要么自己无聊长啸一声，表明自己的存在，实在是累了，就在林间穿梭往来，展示一下漂亮的羽衣，风的速度和小鸟飞行的速度如此契合，都是那么有一下没一下地在林间穿行或者飞过。

大树无所谓风来了或者走了，大树也无所谓小鸟的多寡、沉默或者聒噪，只摆出成熟的姿态，任由自己的枝条停留两三只小鸟，或者任风摆动自己另一侧的枝条，这是还没有新发树叶的大树，动静之中，都是一种随意与随缘，你来了便来了，你走了便走了，我还依然站立于此。

也有无辜躺在地上的大树，用黑洞洞的躯体示人。这是怎么了，莫非遭了天火？这是一棵至少四十岁的柳树，它的高度与周长都有着它这个年纪应有的尺码。让我们来还原一下基础事实，这棵柳树是长有大树瘤的，在树瘤的后面是一个空洞，这样的一棵大树自然是异于其他大树的，自然也会引起他人关注的目光。好事者会捡些枯枝放进树洞，让树洞形成一个火坑，让整棵大树从树洞开始燃烧，一棵树龄四十年的大柳树就这样躺下来了，多亏这是渠道边上唯一一棵独立生长的大树，它只是无辜地躺了下来。风走过，也只不过是轻抚一下大树这曾经的伤口。

风的脚步还依次走过渠道边的杂草，高的是麦秆儿黄的芦苇，经过一冬天的风吹雪打，芦苇褪去了瑟瑟发抖的迹象，开始和着风的节奏荡漾开来，妩媚与多情，多少有点配合这风到来的意思。低矮的、短刺的草类，并没有被风的光临打动，只是冬天羊群走过时，特意留在刺尖上的羊毛开始领受风的眷顾。这些被刺尖抢夺的羊毛张开来，兜着风，像极了一朵朵蒲公英的种子，它们想什么呢？莫非也要来一个好风凭借力吗？

这是一个等待萌发的季节。风从林间走过，你来了便来了，你走了便走了，也许大树感受到了，也许小鸟感觉到了，也许躺着的大树感动了，也许小草感念你了，那谁知道呢？

看，戈壁转场！

沙石古牧道上，顺着向东的方向，黄沙漫漫，腾起的飞尘给转场的队伍蒙上一层神秘的面纱。我在南戈壁遭遇了一次春季哈萨克牧民转场。

戈壁滩是一个又抽象又具象的自然地形，没见过戈壁滩的人，大约也只能想象着戈壁滩就是一片死寂的化身。我的眼里，戈壁滩是一张孵化最顽强生命力的产床。

戈壁滩是在春天被吵醒的，捡石头的车多了起来，在四野里自己用车辙造路。戈壁滩是开阔的，任由你来了又去，就像戈壁的风，四下里变换着方向。

戈壁滩往准确里说就是半荒漠，眼前的南戈壁就是典型的戈壁滩。细沙做底，不大的戈壁石密密麻麻地铺在上面，不多的植被插画般出现，在车辙无序走过的戈壁滩，隐约藏着一条古牧道。这古牧道，有着新鲜的羊蹄印记，一个印记连着一个印记，在戈壁滩上延伸。

转场的战线拉得很长，前一拨人马已经在前方一个有一湾水塘的地方安营扎寨了。白色毡房在春天的黄风里扎眼地靓丽，牧羊犬已经熟悉了周边的环境，围着毡房，把巡逻的路线熟谙于心。后续的队伍还在路上，还在古牧道的另一端蠕动着前进。

在戈壁滩上前行，只有风是疾走的，剩下的活动物体没必要疾走。羊群就是这样，只在眼前啃食一点春天新发的绿色，至于滋味好不好，总归是不去留恋的。它们从来不走回头路，只管顺着前方的羊蹄印记，无暇旁顾古牧道两侧的戈壁，只是低着头走路。你说速度快吧，它们也就是匀速运动，时不时会有排便的羊只在沙窝里留下一摊水迹，吃喝拉撒的生理需要总是掌控着它们前进的速度。那些有孕在身的母羊，那些新生的羊羔，你总不能要求它们健步如飞吧。你说速度慢吧，那羊群身后怎么会腾起一层飞尘在半空中一直紧随着，笼罩着它们？

　　马上的人儿也只是像交警般，睁一只眼闭一只眼地维持着一个大的秩序，只要不是擅离古牧道，也就放任了羊们的行为。实在幼小的羊羔，也就像哄孩子般抱在怀里，让它享受骑马的威风。

　　转场，这不是一件着急的事情，这是一种生活的选择。顺着路，走着走着，春天就被甩到身后了，也许水草丰美就在前方不远处等着他们，等着牧民和他的羊群。

看，向天借五丈风！

这里是各色风的故乡，狂狼漫卷的风、柔和飘逸的风，各种各样，品种齐全，数量充盈。春天的风更是百般模样，就和百子图一般热闹。那么趁机问天借上五丈风，来一场放风筝的春季古俗活动，是这个季节的应景之事。

想飞的心谁都有，当东风破除了冬季的封锁，家里的两位小朋友心里就痒痒了，他们就盼着能去外面去玩。放风筝是一个比较靠谱的游戏项目，身心皆可愉悦。

星期天吧，也只有星期天，在这个保不齐要被琐事占用的休息天，拿出封藏了一年的风筝。尼龙布面的风筝色彩依旧鲜艳，重新接上线板，在它的背后插上一根黑色的支杆，一个能吃风的大风筝面目可爱地出现了。

这是一只企鹅形象的风筝，它的萌态表现在睁一只眼闭一只眼，卡通味道十足。它的表现力还不单是它的形象，掌控风的方向、风的力度，这类本事它还是有一点的。

在东风渐近的日子里，就这样似有若无地轻抚过刚复苏的土地，将企鹅风筝放起来还是要费一把力气的。首先，助跑是少不了的，线板先放开几米，让张开的风筝吃上风，慢慢让半空中的自然风给它一个托举，随着线板的转动，一只近乎真实大小的"企鹅"就升上了视线所及的半空。

天是蓝色的，"企鹅"也就穿了蓝色的燕尾服配合它，优雅地在半空中停留。多么美好的感觉。家里的小朋友轮流执掌线板，一个能远观的风筝给所有关注它的人一个美好的姿态。

我们小时候可没有市场经济，最起码没有现成的风筝购买，想买风筝吗？对不起，没得卖。那么怎么办？那只有自己动手。

最简单的风筝一般是匹配懒人的，我喜欢一种用挂历纸制作的最简单的风筝，它的制作方法简单方便快捷，关键是材料获取比较容易。挂历纸就是主要材料。这挂历纸是风筝的身子，那么尾巴呢？这个也好解决，就在野地里折上两只芦苇回来，交叉穿进挂历纸的四只角，一个能支撑挂历纸的龙骨就做好了，线绳在交叉处一拴，一只有着毛茸茸尾巴的风筝就诞生了。

当然，手巧的人也很多，用竹篾做龙骨扎制一个有造型的风筝放飞，那就相当吸引眼球了，再绘画一番加上色彩，那简直就是工艺品了。

这都是那个时代孩子们在春天玩耍的游戏，风筝是否漂亮，是否能飞得高，主要与孩子的动手能力有关。但一同放风筝也更类似于一种孩子间的友好交流，他们在交流切磋中增进了友谊，把生活中的点滴植入游戏，知道了风筝是要有好风凭借力的基础原理。

一只色彩斑斓的风筝一直压在箱底，谁人能知道它有驾驭风的潜能，不如趁着春日，在户外放飞它吧！

看，蓝天牧白云！

　　我所处的地理位置在中国版图西北以北的地方，这里是蓝天白云的故乡，这里的天很高，也很蓝，特别适合放牧白云。

　　家里的幼儿园小朋友是一个比较擅长活学活用的小家伙，她喜欢引用，也喜欢比对，还喜欢联想，更喜欢炫技。每天早起护送她去幼儿园，她都会指着蓝天上的白云说这朵云怎么像海绵宝宝，我顺着她的视线看去，果真有一块不规则四边形的云贴在蓝天上。你说它像海绵宝宝吧，勉强。你说不像吧，它还当真就是大差不差的形状。我就学了她那一招说道："你棒你棒你最棒。"算是对她重大发现的首肯。转过一个方向，她又会说："这块云怎么像昨天我们学过的海豚啊，还顶个皮球。"幼儿园的方向在家的西边，再往前走，虽然太阳已经升起，但天边的半个月亮依然明显，她会说："太阳都出来了，怎么还有月亮呢，像个橘子瓣的样子。"

　　家里的小学生是一个偷懒的家伙，他的所有图画课作业一律是蓝天白云打底。就算是手抄报，蓝天白云也占据重要的位置，他一点都不知道心疼水彩笔，总是色彩浓重地表现他所看到的一切，顺便附加自己的想法，很有可能就让蓝天、白云互换色彩。他觉得，只有把白云涂抹成蓝色，才能更加彰显蓝天白云的真实感，谁知道呢？随他去。

　　真实的蓝天白云老鹰会知道，它经常会在半空里盘旋，不知疲倦地盘旋，从来没见过它落在枝头的模样，它的警觉与敏锐是众所周知的。这个敏锐是最能说明问题的，在几乎透明的蓝天下，老鹰会在飞行很高的地方第一时间发现目标对象，更会斜刺里俯冲而下，将目标对象生擒。

　　老鹰是常住户，它当然眷恋这片蓝天，这也许是它的恋乡情结在作怪吧。那南归的大雁呢？它们的感受又是如何呢？这些迁徙的候鸟们是长过见识的群体，它们南来北往的，到过的地方肯定很多，品尝的食物也五花八门，就连呼吸的空气也是色彩缤纷、五味杂陈的，各地的风味它们一定尝了一个遍。由北向南飞行，从西北以北始发，它们最先品尝的就是大田里、旷野中秋收遗落的作物种子，这些食物新鲜刺激，能让它们拥有良好的飞行体力。

我们这儿有什么？我们有齐整整的农田，还有低头觅食的牛和羊，没有动辄几千年历史的亭台楼阁，更没有秦砖汉瓦的往日辉煌，我们只有让世人艳羡的蓝天白云。我想说的是，这蓝天白云不是比亭台楼阁、秦砖汉瓦更古老吗？如果想做旅游推介的话，蓝天白云、晨鸟飞起，将是异于他地的最佳资源。

对，这里有瓦蓝的天空，这里还有白云。活在当下，犒劳自己一份蓝天白云是每天的日常。

看，揽得春风入怀来！

与每天去连队走一圈、转一下还是有点区别的，在关门闭户的房间里，有时候会把太阳的直射屏蔽，有时候会给清风一个毫无征兆的拒绝。那么，在休息的日子里，大可以把或大或小的风，揽入怀中。

不过是几天的时间，草地有了绿茸茸的苗头，那些在整个冬季都威严肃穆的大树，多少有了少女怀春般的羞涩，和着风的摇动，有了动态的看点。

银白杨一身素洁，主干挺拔，枝干遒劲，那新发的穗芽毛茸茸的，在枝条上探出来。一水的酒红色，三枚一丛，两枚一枝，在半空中随着枝条的伸展与收拢，在树冠的半球形的范围内开出一树娇艳，那是春天的深色调。

其他杨树也在这个季节努力完成吐穗，它们的穗芽儿，在黄色胶质的包裹中脱胎而来，嫩黄色泛着青绿色。那新生命的娇羞与平静，在风中会有清新植物的味道在飘荡。

棉柳，从根部就开始蜕变冬天的色彩，冬天的棉柳枝条干燥龟裂，灰白色的枝条勉力支撑着。天气回暖，那满身的枝条，争先恐后地用青涩做底，绿色敷面，当真有了柳色新的气象。

那些柳芽儿已经完成了这一个季节的生长，它们从身形、姿态到色彩、气味，都有着属于自己这个时间段最美好的表现。

稍微早一点，就少了成熟的从容，再迟一点，便有了用力过猛的老态。所以说，此时的柳芽儿是全新的、活力四射的，沾满春天色彩的完美存在。

那些树下的野草、野菜密密匝匝地向着春天示威般走来，它们紧贴着地面，用展开的叶片展示着一棵小草的生命力与对时机的把握。那些潮湿的地面，会将一点点润泽慢慢释放，接收到春天气息的野草会很配合地生长。

远望羊圈边上的一大片土地，它有着与大多数土地不一样的装备。在羊圈边上的羊粪蛋山丘，装载机挖取积攒了一冬的羊粪，倒入小四轮的车斗里。那一车车实实在在的羊粪，会厚厚实实地铺满这片农田，想来想去，只能用"土豪"二字来表述这个属于春天的大动作。

干渠还没有放水，在这个时间段，有维修工人在渠底打了残存的渠水上来，和着泥浆，他们将用很短的时间完成这条生产灌溉大渠的修修补补。

大渠很长，全线都建造在这样一个含沙量很大的、土壤瘠薄的土地上，一块块水泥防渗板，会因为地质条件所限大面积地松动，年年都会有。等这样一个维修工程结束，4月19日，那奔涌而来的春水就会分流进大田，开始在整个作物的生长季流淌。

起大风了，一场蓝色预警的大风，一场能让塑料袋飘上天空的风，一场能让纸箱连续做着翻滚动作的风来了，带着明显春天属性的风来了，没有寒凉，只有些许清新之气，在广阔的原野肆无忌惮地游走。

满怀抱的春风，煽情似的把春天留了下来，把属于春天的美好也留了下来，与春风撞个满怀，也算是和春天相拥的一桩美事吧。

看，李子园！

看，李子园！一个远离人们视线的果园，这里自然生长着春花和秋果，还有冬日的安静。

春到李子园，冷寂的果园热闹了起来。

这是一个有些年头的被遗弃的园子，现在园子里的李子树全部自然生长，没有人浇水，因为连渠道也没有，也没有修枝打杈的，全靠天生地养。

就这样的条件，李子树们依然顽强地活了下来，古朴遒劲的枝条开了白色的李子花，吸引小蜜蜂不知疲倦地追逐。

这是一个被规划过的园子，李子树的布局横平竖直，排列整齐，所有的李子树一起进入花期，阵势还是比较大的。白色的李子花在蓝天的映衬下，端庄秀丽，极具观赏性。

为了让家里的小学生能有生活体验，好去写作文，我们总是买上些零食，徒步到李子园参观，近距离看看春风里的李子花是怎样散发生命魅力的。

其实，家里的小学生对李子园还是比较熟悉的，她在幼儿园的时候，老师安排的实践课就是感受春天，小朋友排着队到李子园踏青访春，多少还是能长点见识的。

到了暑假，继续邀请小学生去看看李子园的变化。青绿色向着紫红色渐变的李子果实，外表涂抹一层果粉，很有果实累累的丰收感，但果子还没熟透，肯定不好吃，那就继续赏果吧。

因为花期短暂，果期更短暂，那些还没有成熟的果子早有勤快人惦记。他们拿着宽宽大大的口袋，开着三轮车，"突突突"直奔李子园，直接开启扫园模式。这些勤快人把果子收回去，喂鸡鸭鹅或者小兔子。

能理解，毕竟这是一处废弃的果园。

其实，李子园的风情还是多姿多彩的，就算果子被勤快人卷走了，等秋霜起，带着孩子到李子园欣赏秋叶的变化，也是一个不错的主意。

秋来，等周边的杨树柳树的叶片变幻出深深浅浅的黄色，李子树的叶片特有的红色就显现出独特的魅力，这是一个能重新点燃秋天热情的颜色。

红色的李子树叶或舒展、或卷曲，挡不住秋霜一层一层地涂色，暗红色和亮红色一起在枝头展示着秋天的饱满和富足。

平时，散步有一个去处是生活的一桩美事，李子园的四季变化，特别适合小学生写美丽的家乡之类的作文。当然，如果许多年后，能想起李子园曾给自己带来的美学课赏析，那就更好了。

看，目送春天！

等树叶都出全了，春天就到了该走的时候了。虽然想挽留春天，但最终却是用目光送它远去。

如果不动静巨大地刮几场风，那么春天就不会踏踏实实地来。这个春天，雪融化的速度逐渐加快，短时间内，大地就露出了灰褐色的本真，这其实算是春天的序幕。这序幕是由多场的大风拉开的，春天和风的缘分不浅，春天的万事万物也和风有着纠缠不清的交情，四月，验证着"春风不刮春不来"的古俗。

一个月的时间而已，苜蓿都可以掐尖下锅了，蒲公英率先开出嫩黄的花朵，可以称之为春风第一枝吧。榆叶梅则用一拢一拢的重瓣花朵展示着娇艳。榆钱也累累地生发着，颤巍巍地走上了餐桌。仿佛去大棚除雪的事还在眼前，转眼间，种大棚的人已经把成熟的黄瓜用电动三轮车拉到市场上来卖了。同样的，卖小鸡的喇叭声还在耳边响起，半大的鸡娃子已经可以独立在草丛中觅食了。春天就这样真实地走来了。

说好去看新生的羊羔，却为了给春天造绿久久不能成行，一个月而已，羊羔早就断奶了，满地撒欢地乱跑乱撞了。说好去看显行的麦苗，那一行行的绿色织就的大片麦地显然已经喝过水了。说好了去看晚秋作物的播种，也仅限于说说，晚秋作物的播种早已进入尾声。说好去听春天鸟的鸣叫，去看它新换的羽装，却始终脱不开身来，还想去看牧民转场，但山上的鲜草已经开始用多汁哺喂牛羊了。

整个四月，春天从萌发开始，努力挣扎着，将绿色一一拱出。等树叶都出全了，春天也就结束了，目送春天从容走过，大约就是对春天最贴切的挽留吧。

看，苜蓿！

看，苜蓿在春风中努力生长的样子，那是今春早发的新绿，脱胎于去年的枯枝，用春天的鲜美多姿把旷野点缀。

苜蓿，真心当得起早春第一鲜的美称。幼童的年岁，刚脱下棉衣棉裤，大人刚把菜窖里的过冬萝卜、土豆、白菜收拾干净，苜蓿就开始用闪亮的绿色诱惑人们的视线。

苜蓿的鲜美汤面条知道。在几十年前，大棚蔬菜还没有大面积普及，吃了一冬天的冬储蔬菜的嘴巴和肠胃，特别需要绿色蔬菜的慰藉。

苜蓿善解人意，在田边地脚，稍微能躲避一点寒风的角落，能吸收春天阳光的角度，静默地从去年的旧根处生发，一丛丛的苜蓿有了新生的娇羞。

掐苜蓿，还是比较有信手拈来的轻松愉悦感。大人掐上一小把苜蓿，吃个汤面条，撒在锅里，开上一开，就满碗盛装了，春天的鲜香留在唇齿间，这是用嗅觉和味觉共同品咂的春天生发的气息。很长一段时间，我出于本能地就自我定义苜蓿汤面条是天下最好吃的食物。

当然，如果苜蓿嫩芽足够多的话，家长还会拿出家传的手艺蒸上两箅子谷垒，解馋的同时，也解了思乡之苦，毕竟人类的胃是有记忆的。谷垒是山西的地方小吃，可以简单理解为饭菜团子，做法简单，是一种用粗粮或者细粮和苜蓿嫩芽拌匀后蒸出来的美味。这道家乡风味在很大程度上保留了苜蓿特有的香气。

紫花苜蓿是优质的牧草，从建团场初起就有一定的种植面积。到了大承包时期，为了保证畜牧生产，还是给畜牧养殖户划拨了一定面积的草场地，供其种植苜蓿。

很多时候，你看到连片的苜蓿，那可是种植户精心种植的牛羊口粮。种植户会象征性地在地头竖起来一块牌子，写着已打农药的字样，以此来劝退想尝鲜的人们。

其实，时至今日，苜蓿的身影随处可见，尤其是主干道丰泽路两侧的绿化带种植的苜蓿，只要你有闲工夫，不一会儿就可以掐上一大兜子苜蓿嫩芽，足够全家吃上一顿苜蓿大餐。勤快的人，还可以把春天的鲜嫩苜蓿过一遍滚水，挤过水分，放进保鲜袋冷冻起来，那么关于春天的鲜美滋味就可以随时取用，给四季一个随时吃凉拌苜蓿或者苜蓿饺子的机会。

等树叶都出全了，人们对苜蓿的新鲜感并没有消散，长高的苜蓿，会成为家里养兔子、鸡鸭鹅的人们争相去收割的对象。

大田里的苜蓿严格遵守一年三茬的铁律，紫色苜蓿花开放的时间段，就是打草机下地的时间，三个大太阳晾晒出浓郁的苜蓿草香，打捆机就进地了。一个个有棱有角的苜蓿捆子被拉运到圈舍草料棚圈，一座苜蓿山码垛起来，一个牛羊饲养场就有了炫富的资本。

到了大雪飘飞的日子，苜蓿是牛羊们可口的细粮，必须细水长流地搭配着饲料喂，直到春来苜蓿重新冒发，这就算牛羊的口粮接上茬口了。

年复一年，多年生的苜蓿总是用鲜美多汁来迎合人们的需要，再多的赞美送给苜蓿都不为过。

看，泥土湿润！

　　这里深居内陆，远离海洋，高山环列，使得湿润的海洋气流难以进入，形成了极端干燥的大陆性气候。这里气候最显著的特点是"干"。在三月，气温攀爬到零摄氏度时，一冬的积雪被大大的春日阳光蚕食着、侵吞着，广袤的大地进入了一年以来最湿润的季节。

　　这里最值得炫耀的就是一个"大"字，条田在新形势下也变得更大，这是条田改造的结果。加压滴灌的推广运用，合并多余的农渠、毛渠进行农田改造，使有限的耕地最大限度被利用。大田的土地因为积雪消融、冻土层解冻，土壤色调变得深沉而宽厚，大有良田千万顷的姿态。殊不知这是地表土只有区区三四十厘米的所在，而且表面依然有不少的戈壁石横七竖八地散布掺杂。

　　就是这样的所在，年复一年，依然顽强地出产着高品质的食葵、油葵、西瓜子、南瓜子，当然，还有甜蜜的甜菜。这些丰富人民生活的油料在此地不断生长，并被用来换取农人们最基本的生产、生活资料。

　　从积雪消融开始，农人们就又要开始在大田忙碌起来了，挑选种子，再为它们穿上或蓝或绿或紫或红的外衣，这是保证种子高效生长的彩色包衣。等到地温上升到适宜播种时，湿润的泥土会毫不犹豫地接受它们，会一如既往地促进它们发芽、生长、开花、结果。这是高纬度的地方，这里的无霜期短暂而珍贵，针对别处的春雨贵如油，早春的融雪、消融的冻土共同造就的泥土湿润，在这里弥显珍贵。

　　牧羊人和羊妈妈已经把今年的新生羊羔带出来了，一个个小家伙呼吸着泥土湿润的气息，开始了最初的觅食。就是这样湿润的土地，在不久的数十天里，会生发出嫩绿的新草。这鲜草会陪伴羊羔一起长大，直到冬天休眠。

　　第一轮春播计划已经开始稳健地实施，农人们的四轮车装满身着大红色彩的麦种，那是集中进行包衣的春小麦的种子，它们将分发到农户手中，只等机车适时下地，一年的春播就会在机车轰鸣中拉开帷幕。小麦的播种，不仅仅是粮食种植的需要，在这气候条件和地理条件苛刻的土地上，更多的时候它还承担着倒茬换地的使命，最大可能地给这瘠薄的土地一个喘息的机会，使这土地适时增加一些必要的肥力。

当农人手里攥着一把湿润的泥土，掂量着它的墒情好与坏时，春天就真正到来了。

你在品尝那一枚枚香甜的葵瓜子、西瓜子、南瓜子时，可知在高纬度的地方，在无霜期珍贵的地方，农人们手捧低温、湿润的泥土，正在思谋着自己的种植计划时，就已经把一年的希望都种进了这平整、开阔的土地里。

看，苹果树！

看，苹果树打开树冠，伸出嫩枝，把一朵又一朵的白色苹果花的香味，把有着淡淡果香的花香不经意地释放出来。

在视线范围内这片土地上，苹果树一直有零星栽植，也许是因为过冬的技术难题不好掌握，一直没有规模化种植，多年来，都是零星地种植。很多时候，赏花功能成为一棵苹果树的主打。

是的，在原来用土块建造的苏式机关办公室门前的绿地上，就种了苹果树。到了春季有苹果花开放，色彩是优雅的白色，味道是浓郁的清甜香，这是一种辨识度很高的香型，是一种让人能联想到秋天红苹果脆甜的香型。是的，这是20世纪90年代中期的事情了，每天闻着花香上班是一件让人比较难忘的事情。

最早，我们冬天享用的是来自伊犁的苹果，后来是克木齐的苹果，收储在陶土大罐子里，会有果香和酒香。在罐子里密封，一经释放，满屋子都是诱人的用时间酿造过的果香。

当然，几十年前，还是糖水罐头一统天下的时候，偶尔还会有苹果干之类的小零食闯入平淡的生活。

时隔几十年，苹果树的栽植随处可见。在连队人家，一棵苹果树，也许就能抬高一个院落的身价。

有退休职工搬到团部定居后，就把带前后院子的平房卖掉，售价为一万元。院门进来，就是一株高产的苹果树，累累的果实把苹果枝条压弯了，必须用多根木棍进行支撑，才能顺利让果实熟透。忽然感觉有了苹果树的生机勃勃，这个院子也上了档次。

还是在连队，近距离看到苹果树的主人搭了梯子，去树梢头采摘苹果，丰收的喜悦和苹果的笑靥一样荡漾着甜蜜。

去年，在广场绿地生长的苹果树开始挂果了，小小的青苹果还没有染上多少红晕。我每天看它一眼，生怕它一不小心玩起捉迷藏，耽误我观赏大红苹果的红彤彤。

连续几天没去看，不承想，本来没几个苹果的树枝上光溜溜的，就像从来就没结过苹果一样。好吧，这是绿化职工浇灌和打理的苹果树，随便什么路人甲，就品尝了秋天丰收的喜悦，也算苹果有了一个去处。

今年开春，有外来卖果树树苗的行商。远观摊位，感觉他的生意还不错。这里面，苹果树树苗是必备的常规品种，也是好销售的品种。如此看来，每年都有新的苹果树参加到人们的生活中，是一件值得记录的大好事！

看，苹果树，这北方当家的果树，花可赏，果可食，还有多少年幼与年轻时的往事，轻烟般飘过这开满白色花朵的苹果树。

看，蒲公英！

看，蒲公英开花了，在草地上奋力举着一柄浅红色纤细的茎，上面端坐着一朵、两朵黄色的小花。

蒲公英是报春使者，一个自动放低身段的野草，在草地返青的第一时间，就平静地打开自己的叶片，努力生长，迅速开花。这花朵开得认真，一层层的花瓣把花蕊包围起来，有了重瓣晚菊缩小版的模样，就连颜色也照抄过来。一个不偏不倚的正黄色，亮闪闪的正黄色，在绿色叶片的保护下，放心大胆地开放了。

蒲公英大约是喜水的，在渠边地上，它会挑选一处水分和阳光都合适的地方，安心地扎下根来，三五成群或者自成一派，就在草地开出自己想要的模样。

蒲公英对生命的理解还是比较理性的。第一批蒲公英把春天唤醒后，并没有停下生长的脚步，它们继续长大，再长大，直到把小黄花变成一柄白色的种子球体，这才开始听天由命般等待命运的安排。也许是一场风，也许是一场雨，或者小蜜蜂的快速扇动翅膀，一个个带着生命能量的种子就凭借风势飘飞到草地的任意角落。

这是一场关于生命的接力赛。从四月开始，蒲公英的第二代第三代一直到第无数代，就在草地上复制粘贴关于生命和生长的伟大事业。春夏秋三个季节，随时都能在草地见到刚开花的蒲公英，还能见到等待放飞自我的种子绒球，或者已经被风吹走半个的种子绒球。

蒲公英是好东西，这是人们一直以来的共同认知，它身上散发的魅力貌似有着可食的宣告，并且有着可口的标签。人们对这闯入眼帘的美味绝对不会轻易放过，手持一柄小铁铲，就可以在短时间内挖掘采摘一大包新鲜的蒲公英。

蒲公英的味道是苦的，就算是用开水汆烫过，也还是苦的，凉拌来吃是爽滑的，苦味是短暂的。吃后，并没觉着蒲公英有多苦，是正常人的味蕾完全可以接受的苦，偶尔用蒲公英做一道菜，调剂一下伙食，算是一个不错的选择。

其实，很多人还钟情这个苦味。很多居民有着一点点保健知识，知道蒲公英是一剂良药，生晒了，或者过水后阴干，等到入冬，嗓子疼痛或者别的什么地方不舒服，就取上一点泡水喝。或者自己储存的量大，冬天泡发了当菜吃。也有嫌弃泡发的蒲公英太过干燥，就用开水把新鲜的蒲公英烫熟后，收藏进冰箱冷冻层，冬天拿出来凉拌，也算一道有点惊艳的小菜。

当然，很多人家有小菜园子，自己创新性买些蒲公英种子，实验性种植，效果也很好。来年，那些蒲公英的根部会自我生发，很快就抢了家养蔬菜慢慢长大的风头。

看，这就是蒲公英，为了生存，在有点水土的地方就拉开生长的架势，为生命的繁衍而绽放。当人们愿意种植和收储它时，它的价值多少得到了体现。于是，蒲公英年年顶着春寒来报春，也值了。

看，树穗儿！

看，树穗儿铺满整棵大树的所有枝条，把春天的美好填充得恰到好处！

已是四月天，杨树的高大挺拔不再简单地用枝条来表达，一场关于生长孕育的大事件，已经用多彩向外部世界宣告着、讲述着。

杨树的树穗儿，是一场接着一场的东风安插在枝条上的。再用春天的雨水洗涤，用每天涨一分热力的太阳光线轻抚，一夜之间，杨树穗儿就长大了。

长大了的杨树穗儿已经有小拇指这么长了，胖嘟嘟的模样，紧紧实实的，东来的风吹拂着，已经有了敦实厚重感。新生的杨树穗儿是娇嫩的，每一个毛孔都在感受春天的气息，然后再加倍偿还。更多春天的气息携带着杨树的新生气息，随着春风一波一波地荡漾开来。

春天的杨树是醒目的，本白色的枝干，在绿色还潜伏的四月显得干净利落，甚至多少有一点不该有的艳丽。那本本分分张开的春天的枝条，多少有了春天本该有的柔美，那上面错落有致地挂着酒红色的树穗儿。

酒红色的杨树树穗儿满树满枝，必须用晃眼来表达。这是一个大小树穗集体刷存在感的时候，有规规矩矩向下生长的穗儿，有昂扬向上生长的穗儿，还有斜刺里就横着生发的穗儿，千姿百态地在春风中频频晃动着阳光洒下的光阴碎片。

单独一个杨树树穗儿，有着饱满圆润富态的端庄感，那是染了酒红色的蚕宝宝吗？在枝头的那一端拱动着春天路过的每一丝空气，空气便染了酒色，慢慢散发着醉人的动静，翻看着一页一页树穗儿在蓝天上写下的春天的密语。

遒劲的老柳树生发的树穗儿，是浅绿色托底，再怀抱了鹅黄色的，躺在柔软的壳里，一点一点地长大。细细的柳枝统一规格，把树穗儿装点上，随着春风的起落，不经意地撩拨着春意。

棉柳树的枝条有着柔韧的筋骨。在春天生发的柳条集体向上生长，围绕树根，拢起来一个树丛，相扶相携长大。棉柳的树穗，根据枝条的生长轨迹，一律向上生长，一个浅绿色的集合体是数不清的细小绿绒相伴而生的，每一个微小的绿绒都贪恋空气中微弱的水汽。这早起的水汽凝结成微小的水珠挂在树上，整个树穗儿就水润了起来，那一株棉柳向上扩张的刚强也就温柔了起来。

这是一场春天的孕育，这早发的树穗儿，一个一个是枝条上的新生命，它们在早春的凛冽中萌发，再悄悄把春天的美好藏起来，是一个个关于生命的密码，在春天慢慢长大。

绿色的树穗儿，红色的树穗儿，棕色的树穗儿，摆开春天的色彩铺子，等树穗儿完全成熟了，春天也就被甩在身后了。

看，树芽儿！

　　看，树芽儿在春风中绽开了胜利的笑靥，这油嫩的笑容，开满了早春的树。

　　在团场最常见的三大树种，分别是杨树、柳树、榆树。它们用各自的方式，伴着人们的四季轮回。

　　人们愿意欣赏树芽儿，大约是盼春归的急切心理在起作用，或者是出于对新生儿般的嫩芽的一种怜惜。春天的树芽儿符合大多数人的审美，因为它携带希望而来，率先把春天的消息高悬在春风中四处散播。

　　一棵树的四季是分明的。春来，树芽儿把小拳头打开，一树新绿就星星点点地长大。及至盛夏，浓荫密布，正是大树散发成熟魅力的好时段。秋临，满树金黄，满眼亮色，处处是亮点。深秋，满树凋零，只留下主杆笔直，枝干遒劲可赏、可观。

　　恰是此时，气温降到零摄氏度以下，旷野的植被都休眠了，那些潜藏着生命力的树芽儿攥着拳头，孕育着新的生命。

　　隆冬时节，恰是树芽儿储备能量的好时光。晨霜和随时降下的大雪和小雪，让树芽儿有机会吞噬着空气中散发的湿气。一粒树芽儿就是一个载着晨光的新宝宝，一棵冬树的挺拔便有了脉脉温情，在冬日雪原一再地春潮涌动。

　　我们在早春看到的树芽儿诞生于深秋的寒意里，在隆冬历练筋骨，在早春慢慢松开攥紧的小拳头，把生命重生的艰辛与喜悦发布到春天的每一个角落。

　　春天的树芽儿是可圈可点的。那杨树的树芽儿躺在树枝的一层一层里，包裹了一层胶质的嫩芽，在春日暖阳里，有着一丝慵懒、一丝疲倦。那是一层薄的黄色的树脂，可以在树芽儿的芽儿尖处，形成一个金黄色的泪滴状的滴落，招惹着七彩的阳光。这树芽儿当真有了新生儿湿漉漉的感觉。

　　柳树的树芽儿颗粒小，密密麻麻地在柔软枝条上，彰显一种要把生命传递下去的力量。下垂的枝条有了春风助力，把柳树树芽儿散发的生命气息传递给路过的鸟儿。鸟儿到处飞翔，发布着树芽儿就要蜕变成树叶的消息。

　　榆树的树芽儿是不规则圆形颗粒状，一小颗一小颗的铁灰色倔强地长在枝条上。那些芽孢裹得严实，还在过着冬天。也许，再过几天，太阳散发的能量加大了，光线会撬开那紧致的树芽儿吧。

　　早春，蕴藏了秋冬能量的树芽儿何惧春风的凉意，一场春风接着一场春风，便吹开了树芽儿所有的秘密。春天已经到来的消息，小草知道了，牛羊也知道了，春天就又重回了人间。

看，水色春意！

在西北这片土地上，只要被浇灌一次足够的春水，绿色就会迅速蔓延开来。积雪还未融化成流水，一场春雨却有预谋地先期而至。

一场带着潮湿水汽的雨点，一颗一颗砸落在干旱的土地上。一颗接着一颗的雨滴将土壤打湿浸润，空气中的干土味道迅速向泥土湿润的气息转变。

好熟悉的味道，恰如多年前，每次过南京长江大桥，坐在江北向江南开进的火车上。火车一上了长江大桥，江北的干燥体验立刻由江南的温和湿润覆盖。

这里的春颜古朴浑厚，带着多少老成。

雨水是这个季节的一位稀客，更是贵客，它的到来，带着一丝潮湿暖意，化作千万支画笔，在这干燥的土地上把土壤蘸湿，是泼墨吗？那拂尘般掠过的大小雨滴，将绿色的植物唤醒，挂在杨树新穗上的雨粒摇着枝条慢动，杨树的躯干也就伸腰般，挺立得更加笔直了。

樟子松在四季更迭中更换着绿色的着装，到了春天，它需要大刀阔斧地换装，墨绿松针向新绿一点一点地转换，纤细的松针穿起一串滞留的雨滴，炫耀着春天才有的水绿。

苜蓿张开大板牙般的叶片，大口地呼吸雨水带来的温凉。前一段时间，天空早起的太阳烘干了地表的湿润，步伐刚劲的大风带走了空气中所有的水分，绿色一时陷入一个干渴的困境。那么这雨水是不是在抢风头？轻轻拂去叶片上的黄色尘土，还苜蓿一个青翠水嫩的茎叶，苜蓿立时娇羞地绽放出春天才有的水色。

雨水的到来让大田里的春小麦抢在渠道放水前露出一星一点的绿色。珍贵的浅绿色在深色泥土的映衬下，有着新生儿小拳头的紧握或者伸展的动作，春小麦的破土而出，就是这雨水辅助撬动的。

明天阿尔泰山的积雪融水，通过额尔齐斯河的输送，再经过各种口径的渠道的接续，这里的春天和雨水来一个里应外合，装扮一个水色春意，那么，春暖花开的日子也就在眼前了。

看，四月的雪！

　　四月的雪，落在清明的当天，有轻风把它们扫了一扫，融化的也就融化了，积攒在一起的，有了这个月份，新雪降临的、不舍离去的新鲜感。

　　春天的新雪没有预设的寒意，也没有一次下个过瘾的态度，只有慢条斯理、有一下没一下地随意播撒，撒在整个旷野，自有一番冬去春来的暖意在空气中散发开来。

　　春雪的欣赏，光用眼睛是远远不够的。当呼吸碰到这样水润的雪片，猛嗅，自然有春天的气息。这样的赏雪，一定是赏心悦目、提神醒脑的。

　　去年秋天的菠菜在冬天潜伏了下来，熬过冬天的平静，春天的萌动也就缓缓地来了。菠菜顶着新发的叶片，舒缓地露出地面，映衬白雪的反光，展开了新生命的光晕。菜绿雪白，就应该是春天的常备元素。

　　待耕的土地保持去年秋天铧犁的犁痕，不明显的沟沟壑壑撒上一层白雪后，有了更深的层次感，纵深度也延展开来，向着远方展示大田的辽阔。

　　冬小麦这才抖落了一冬的厚厚雪被，雪水的滋润，给老气横秋的冬麦叶片一星半点回春的鲜绿。这春天的新雪来了，重新给幼小的冬小麦一个蓬松的覆盖。一阵风来了，这雪便是一个防护，一束阳光落下，会有湿润慢慢浸入冬小麦的根部。

　　林间，因为风的存在，雪的堆积会选择就近抱团，也许是在渠道的埂子上，也许是在凸出的高包地上，就连朽木的断开处也自动形成碗状，盛满新雪的片片滑落。

　　小鸟的叫声，也因为一场新雪的降临而变得更加明快与多情。在鸣叫的间隙，拉完长调再连续追加几个短音后，它们会啄新雪润喉。也许，这雪的滋味是甘甜的，特别适合舒展美丽的声线。

羊群出现在林地，身着厚重的皮毛展示着它们在一个冬天又增加的重量。一场雪的到来，落在枯叶上，给枯叶勾勒一个白边，让羊只能更精准地采食符合自己口味的枯草与落叶。混合了新雪的滋味，羊群咀嚼起来，会更加顺畅。

　　四月，有雪片的落下是不常见的，四月是存不住雪的月份。第二天的太阳一上来，那些刚有了雪水印记的土地会重新恢复土地的本色，四月的雪化了个干净，春天当真便来了。

看，苏醒的菜园子！

菜园子醒来了，在春风荡漾中醒来了，在阳光播撒中醒来了，这样一个年年充满生机的菜园子就这样醒来了。

这是一块规整的菜园子，长方形的面积，镶嵌在排碱渠的内侧，排碱渠的外侧是一条繁忙的通连公路，在公路上就可以看到菜园子醒来的全貌。

这是一个占地7分的菜园子，有栽植的枸杞树当篱笆，还有两扇木头做的简易门，可以进去看看里面究竟有些什么好菜和好果。

紧贴着简易木门这边的篱笆墙根前，随意种了一些植物。三年前，随便种下的百合已经在这个春天冒出绿色的茎叶，一丛一丛的，挨着百合的是撒籽种下的细叶蒲公英。按照大多数中国人的眼光来看，这些蒲公英现在挖出来吃，是滋味最好的。同样是撒籽种植的苜蓿也到了可以掐尖采食的时候。

往里去，种的是三沟西瓜，昨天才种下的，专门盖了一层塑料地膜，以提高地温，好让西瓜早一点萌芽、开花、结果。这样的种植量，足够这家主人和她的四个孩子。

输水沟边上，去年留作种子的大葱，还保持着秋天的模样，那些小些的大葱已经笔直地绿了起来。这片7分地主要种的是饲料玉米，这个玉米产出后，用于饲养鸡，方便秋冬为主人提供足够的蛋白质。

这家菜园子还是比较有特色的。种玉米不用翻地，直接种在去年玉米秆子的根部就好，每窝都是两颗种子。现在，玉米苗看上去有一指长了，为了保证每窝只有一棵玉米苗能扎下根来，还要花时间把多余的那一棵玉米苗除掉。

再过去是今年才点种的豌豆，已经一拃高了，掐了豌豆尖来吃，这是春天的美味；再过去是几沟白豆角。这个种植量，也是吃不完的。

紧挨着排碱渠的是一排果树，李子花开了，海棠花开了，苹果花开了，蟠桃花开了。小蜜蜂来了，七星瓢虫来了，小粉蝶也来了，这是一个集中释放春天魅力的时间。粉红色的花和粉白色的花，一起向着春风打开自己，一起向着春阳打开自己，一起向着小蜜蜂打开自己，一起向着小粉蝶打开自己。

过去几步是几棵成年老树，品种是杨树，虽然它们已经有了一定的老态，但是，很显然，它们的存在还可以为菜园子抵挡一些来自西边的风。

大树下是一个敞开口的水坑，是菜园子的灌溉水源地。一截子软管铺在输水沟上，水泵泵出来的水，就可以在菜园子里走南闯北地完成灌溉的大事。

这是一个布局松弛有度的菜地，还预留了可供栽植辣椒苗、茄子苗、黄瓜苗、西红柿苗的地块。如此布局，这菜地便有了刚刚苏醒就要做大事的模样，有了对夏季繁茂的期望，也有了秋收满满的预想。

菜园子苏醒了，春天当真就来了。

看，我的春天计划！

这里的冬天寒冷漫长，四野铺满厚实的雪花，封锁着有关春天的任何消息。

在这结结实实的冬天，我却早有预谋地给自己的春天定了一个庞大的计划。一提起这春天计划，内心的喜悦就翻腾不止，仿佛春天已被揽入怀中。

我很庆幸自己有一个可以躬耕的小院，这是我实施春天计划的根据地。去年秋天专门收集了所有自己种植的蔬菜种子，分门别类地用纸包了，标注好品名，等冻土解冻，地温回升，我就会把它们埋在自己一锹一锹平整过的土地里，种子不外乎既可生吃又可调凉菜的水萝卜，春天的菠菜，用作清炒的小青菜，可以包饺子的小茴香，炒鸡蛋专用的藏红花，这都是一些短平快的品种，可以给身体提供大把的维生素。当然了，小院还有秘密，那就是安全越冬的秋天的菠菜，一茬又一茬循环生长的韭菜，还有南方人喜闻乐见的香葱，更少不了预留底根的留兰香和野葱。我相信，这些经历漫漫雪季的生命，当春天一露头，就会第一时间用绿色来迎接春天的款款脚步。我几乎都要被自己的小院陶醉了，尤其是在大雪封门的冬日，对春天小院的期待几近思恋，想一想自己的薪水，难以抵挡每日菜金的外流，心疼荷包时倒吸的一口冷气每每泛滥，现实告诉自己必须抓住春天，厚待小院。

春天来了没有，门前柳会用芽孢告诉我。我家门前的大柳树就是典型的消息树，这是一棵需要环抱才能量出树径的大柳树，这是开垦这片土地的第一批建设者栽种的。我想，这世上不光五柳先生喜欢柳树吧，家里的两个小家伙完全有理由喜欢它，这是一个适合捉迷藏的好去处。等雪化了，我第一时间就会去把树冠下的地盘统统打扫一遍，因为我也想在树下捉迷藏。

我对家里两个小家伙承诺的春天实施的计划天天被憧憬着，风筝就是被惦记的一大要件。当春天的第一场风降临时，我必须买一个一人高的大风筝来放，老鹰也好，鹞子也好，只要足够大就行。因为这里天够大，地也够大，把小家伙们轰到野外，来个野外拉练，是个不错的主意，他们俩对这样的计划欢喜雀跃。

两个小家伙的猫冬秘籍除了电视就是电脑，这一举动得到家族成员的一致谴责。小家伙们自告奋勇地说，等雪化了他们就可以去捡石头了，这正合我意。这里的石头很有意思，哪怕下过一场雨石头都会不同。传说化雪后，石头会有新面孔出现，戈壁玉和宝石光层出不穷，不管你信或者不信，反正我信了。因为我渴望捡到高品质的石头，它们可以装饰美化我的生活。当然了，亲近大自然是首要任务，两个小家伙需要认识很多植物、动物、鸟类、昆虫的真实面貌，这都需要我们在春天来完成。

我的春天计划在琐碎中靠近慢慢到来的春天，我喜欢四季轮回的多姿多彩，我想只要热爱生活，那么我的春天计划完全有理由超额完成。

看，雾凇挂满早春树！

见到白色为主色调的五连还是头一回，这应该是对春风多情、夏雨霏霏、秋日暖阳的五连一个强劲有力的补充。

初春的五连有着人为的蠢蠢欲动。

三月的连队本该是安静的，应该能听到雪花轻摇的声音，或者看到飞鸟不停留地路过，更或是一阵寒凉的小风果断地走过。

这是一个属于春天的节日，女人们用长短靴加长自己的身段，用靴底的花纹在雪地上印花般留下一个重聚的印记。

很显然，这是一个比较重大或者空格时间比较长的重聚，或者说是一个规模化的聚会。女人们从小城市或者小城镇重回连队，完成一个规定内的社交活动。

女人们用梳理整齐的发型装饰一冬没有暴露的嫩脸，用碰撞交流的眼神和长短句的相互打趣与问候，来表达对聚会的重视。

这样的场合，没有见到帽子或者口罩这样能够形成交流屏蔽的东西，却见到了暖融的外套、冬季短裙以及短裤，配合各种靴子的踢踏声。这大概是靴子的秀场，一个回荡各种声响的秀场。

拿着手机的人是安静的，专心关注自己手机里的世界。那些不再说话的，用脆响的嗑瓜子声音来回应整个屋顶发出的大的回声。

这是五连的会议室，几个月没见，变化不大。还是熟悉的面孔，还是熟悉的名字，还是惯常的打情骂俏，就连回声也没有变，依然执着地在耳道旋转攀爬、停留驻足。

这样的回声在不断放大，会让人有逃离的冲动冒出，推开门是晃眼的半上午无遮挡的阳光。

阳光洒在营区的明处或者暗处。

那些被阳光雕刻的行道树装作肃穆，在淡定地维持着冬天的妆容，那棵聚集过太多内容的大榆树，打开枝枝丫丫，消化或者吸收着看到的人、听来的事。

街区空荡荡，没有一个人走过，就连一只小狗也没有，当然鸡叫也没有，只有覆盖的白雪。一切都是那么安静，安静得可以数清楚阳光洒落的具体数目。

一个连队可以数过来的也就这么几个人，总要问问他们的生活境况，是不是和拜年说的一帆风顺相吻合。

春天就要来了，那些积压的瓜子们还好吗？那些待耕的土地还好吗？

击鼓传花的声音还在孵化，也许春天来了，日子会有转机呢！

看，棉花！

看，棉花！我家窗台上的棉花开得正艳，旺盛的生命力恣意张扬。

20世纪80年代，从收音机里的《天山南北》节目中，记住了"一黑一白"两个发展战略，黑的是石油，白的就是棉花，长绒棉。

棉花我是认识的，从小就认识，它给人们一个温暖的拥抱，整个冬季就不再寒冷。

我们打小就是穿着这种长绒棉织造的布料长大的。小时候，妈妈会去团部国营商店称上一大包袱棉花，给我们全家做棉衣、棉裤、棉鞋，供我们换季穿戴。

那时候，团部商业还有弹棉花的小组，这里提供制作网套的加工业务，大大的棉花包厚重结实，白色的棉布外包装写着长绒棉的字样。打开包装是一层一层的棉花，拿到弹棉花小组去制作网套，这压得实实在在的棉花经过加工，变得轻柔与蓬松，压上彩色的棉线很是养眼。

长绒棉就是这样护佑我们这些孩子长大的。

我所处的地方纬度高，不适宜种植棉花，所以，一直苦于没有机会去看一看一望无际的棉田。

2016年9月底，路过奎屯垦区，这才第一次见到了已经进入收获期的棉花，一株株棉花植株天女散花般地顶着绽放的一朵朵棉花。这一朵朵的棉花迅速组成一个花海，一个纯净的白色海洋，一个在绿洲大地蔓延的丰收画卷，起伏荡漾。

来了这里几十年，这才第一次和棉花地来了一个正面相逢，但是稍稍也有遗憾，就是没有机会看到棉花成长的过程，心里还是有点欠缺憾。

机会来了。2019年4月，农业合作社邀请了一家给种子做超声波的公司，来给农户的种子做超声波处理。我有幸去观摩了一下。

一辆厢式货车拉着超声波机器，车厢板有散落的玉米种子、小麦种子、水稻种子。这些种子我都认识，也还有我不认识的种子，赶紧请教一下技术人员。技术人员说是棉花种子，他们在各地做种子超声波处理，处理最多的就是棉花种子。

赶紧抓了几颗棉种放进口袋，当作纪念品。

回到家，找来一个种花的临时塑料碗，把棉种下到土里，放在窗台上，让它们和正式的花盆一起享受这里专属的太阳光和额尔齐斯河河水净化而来的自来水。

试验是成功的，从破土而出到幼苗期，都没有感觉到它的存在，直至它顶着绿色的花苞，这才把它放在心上。还是老规矩，隔天给它喂一点水，不几天，那绿色的花苞慢慢打开，是一朵紧凑的白色小花，就像一个新生儿，娇弱地抱紧。第二天，它就大大方方地打开了全部花瓣，奶白色的花瓣围着浅黄色的花蕊。一朵棉花开放的花朵，有清新脱俗的美感，这可是没想到的。

没想到，这奶白色的花瓣还会变色，过了两天，这花瓣又从浅浅的雪青色变成深红色，然后从舒展到收缩，重新结成一个绿色的小球，这小球慢慢长大，就是棉桃了。果然生命是有趣的。

也没用花肥，也没有特别关照，还是这个小得不能再小的花碗，或者叫花盅，硬是长出两个大大的棉桃，绽放开来是圆滚滚的棉花球。

这下好了，当年投产，当年见效，当年就收获两个饱含棉籽的棉花球。

接下来，这株棉花植株顺理成章地开花，顺理成章地结棉桃，一直到了2021年，这才想起给这株高龄棉花换一个花盆，为了它不孤单，还取下一粒棉籽，在旁边种下去，给它做伴。

新种的棉花种子，拱出了幼苗，这是春天的讯号，是春天生机勃勃的萌发。

时间到了三月底。这几天，全都是各垦区开始播种棉花的好消息，人们把棉种播进广袤的田野，秋来，人们收获的就是幸福生活。棉花经济给全体人民带来的是美好而幸福的生活。

前几天回老家探亲，见到村里的熟人，聊起前几年她拾棉花的往事，她还说想再到这里拾棉花。不可能了，现在都是机采棉了，用不到人工拾棉花了，但是，这里的各种美好记忆催促着她，能来旅游一趟就知足了。

挺你，我的棉花，爱你，我的棉花，看好你，我的棉花。

洁白无瑕的棉花容不得一点污秽，引用一句谚语来回应，那就是：狗在吠，驼队仍在前进。

　　播种机在这个春天，在各地播下棉种，播下希望，播下美好，生命力顽强的棉花，一定会织出人们更美好的明天。

看，榆叶梅！

看，榆叶梅！那东风第一枝榆叶梅开放得花团锦簇，释放得欣欣向荣，在春风里，好不得意。

榆叶梅是一个性急的家伙，春寒刚过渡成春凉，西风刚转变成东风，它就迫不及待地打起花苞。榆叶梅的名字里有个"梅"字，它是不是天生有报春的使命和职责？在这绿草刚拱出地皮的时间里，榆叶梅便用粉嘟嘟和红艳艳争相预告春天回来的消息。

榆叶梅的灿烂盛开少不了苍劲的枝条奋力托举，一株榆叶梅枝条拢成一个向上的集体。在半路里伸出张开的枝条，尽可能地打开，做伸展运动，以便花苞在阳光的照射下，可以顺势张开那紧锁的花瓣。

榆叶梅是守时的。在废弃的李子园没有人浇灌，也没有人修枝打杈，榆叶梅就这样天生地养，恣意生长，花期来了，便把春光布满枝头。

榆叶梅是昂扬向上的，这个品格来自它的不畏严寒。要知道，在这里，一场风接续一场风的早春，春天的凉意藏在空气中，随时等待释放。榆叶梅的叶片还有待生成，就先打花苞，花苞从小米粒长大到大米粒，也不过几天时间，榆叶梅在寻找合适的气温和机会。

榆叶梅是一个张扬跋扈的景观树，第一朵绽开后，其他的花苞紧跟其后，争着抢着打开花苞，用娇嫩的花瓣接晨露，用更娇嫩的花蕊吸引小蜜蜂成群结队而来，还有比赛谁更美丽的花蝴蝶也尾随而来。

榆叶梅的花朵和梅花的形状相近，色彩相通。梅花自有一种冷峻的气质，榆叶梅则不然，热热闹闹度过花期是它的选择。

一树繁花最符合榆叶梅的小心思，榆叶梅的花朵顺着枝条伸展的方向扩张，能挤下一朵花的地方绝对不会被空下来，一定会积累色彩，一朵花挨着一朵花，向上的方向，向下的方向，重重叠叠在一起的花瓣都有一颗闹春的心。

小蜜蜂也是闹春的高手，哪株花树开得繁盛，就是它的目标，它最喜欢近距离欣赏榆叶梅的美丽。小蝴蝶也是爱凑热闹的。小蜜蜂和小蝴蝶在花朵之间上下翻飞，或者停留，整株榆叶梅成了一个色彩的集市，声音的巴扎，一个穿梭往来、好生热闹的去处。

这个废弃的李子园最初的设计者肯定是学过美学的，李子树开花是白色的，好生素净，配上艳丽的榆叶梅，红是红来白是白，相互映衬着美丽，那自身的妖娆妩媚便增了几分安静。

等榆叶梅的花期到了尾声，榆叶梅的叶子也在悄悄长大，那是绿色小拳头张开的娇羞的叶片。每天长大一点，每天更绿一点，直到隐隐约约的榆叶梅实开始坐果，我这才开始把欣赏叶片的眼睛转移到新结的果实上来。

榆叶梅的果实，从春天浅色的红长大到夏天的深红色，有了挂满枝头的充实感。这是一个适合近观的果实，散发着诱人食欲的光芒，这秀色是大方的，也是热闹的，跟着生长期的需要，一再释放自身的欣赏价值，直到深秋。

如果，你在冬天路过一株消瘦的榆叶梅，看见它的枝条简洁明快，不再张扬，请不必过多为它操心。要知道，那是它在蓄势待发，等春风再起，它就是一个可以唤醒整个春天的报春使者。

看，远去的菜园子！

　　菜园子就在眼前，就在目之所及的地方，散步路过的人都能将这菜园子尽收眼底。这是一个不大的菜园子，一个妈妈带着一个半大小伙子在翻地，他们在泛着灰黑色芦苇圈起来的菜园子里，努力地一铁锹一铁锹翻着地，这是眼前发生的事，却恍如隔世。

　　去年此时，自己不是也赶在底墒还不错的时间亲躬一小片小菜地吗？转眼一年过去了，老房子易主，再也吃不到自己种的西红柿和黄瓜了，多少有点留恋的意思。大约最后一个菜园子离开我最彻底吧，于是格外留恋。

　　去年，我的小菜园子格外争气，红色的、黄色的、大的、小的西红柿累累摞摞地结满枝头，种的小茴香招蜂引蝶，小院子里挤挤挨挨的好不热闹。有新鲜的蔬菜吃是一件比较快乐的事情，这是没有化肥、农药支撑的菜园子，就连不经意长出来的西瓜，秋后不算太熟，甜度还是不错的。随后，我洗了洗我的泥腿，就和这老房子的菜园子道了别。

　　小时候，菜班李班长掌管一片很大的菜园子。李班长是一位上了年纪的中老年男人，那个时候，菜班班长都是选择这样年纪的男人掌管。这片菜园子有着一圈矮矮的干打垒土墙环绕，防止各类家畜家禽进入，更防止人随便进入。李班长是一个聪明人，他还在地头的大树上搭建了一个瞭望哨，他儿子会在上面睡午觉，捎带着就把菜园子给看住了。

　　李班长掌管的菜园子地理位置优越，基础设施完备。小家小户可没有这样的规模，也就是在一片空地上自己开荒，种上那么一点供应自己冬天吃的萝卜白菜之类的，种点夏天的细菜简直就是奢侈。

　　记得邻居王伯伯就在五连种了那么一块玉米地。我去看望这片玉米地时，在玉米屏障最深处，王伯伯会找到几棵西红柿生长的地方，摘来相对稀罕的西红柿，供我享用。

20世纪90年代中后期，我还得到一小块菜地，这是同事张老师赠送给我的礼物。他要回上海过日子去了，就把他开垦的小片菜地赠送给了我。他的菜地，超级凌乱，这是一片私人开垦菜地的集中地，上水条件、土壤条件都比较好，于是关注的目光会集中落在这一片空地上。张老师赠送给我的菜地大约有五畦，分别在三个地方，与邻地形成一个犬齿交错的态势。说是五畦，一畦也就不超过3平方米的模样，必须要种上蔬菜才能和邻地形成界线。

这张老师选择了最会伺候菜地的人，就是我，他饱含深情地让我把这五畦菜地管好，他说种的菜吃不完。我知道，他是舍不得这菜园子，一直给他的五畦菜地做广告。转过年，我也把这五畦菜地舍掉了，我去了苏州。后来，这一大片菜地整体、永远、彻底消失了，当然包括张老师赠送给我的五畦菜地。

自从回到这里，算是种了三年院子里的菜地，早春可以吃到预留在菜地里的葱苗，晚秋还有慢慢变红的西红柿享用。

看，云赏春色新！

我是一朵生成在湛蓝天空中的云彩，我有变幻无穷的身形，还有绚烂夺目的色彩，我游走在水洗过的天空，俯视大地，洞见一切。我发现，有这样一片神奇的大地深深吸引了我的目光，我将用一天的时间把这个新镇的春色看个够。

春日，周一，第一缕曙光洒下来的时候，我身着一件五彩斑斓的春衣，开始了一朵云在新镇一日游的行程。

曙光像一束追光，追赶着清洁工的芨芨草扫把的速度，那是早起的环卫职工，在用起早贪黑的劳作还原小镇的清洁美丽。他们要赶在大人们去上班、孩子们去上学之前，把宽敞平坦的街道打扫得一尘不染。

丰庆镇在晨光中渐渐露出端庄的容颜，樟子松的绿色在春天醒来，给街道染上春天的气息；住宅楼的窗玻璃有太阳光涂抹的金色光芒，唤醒在睡梦中的人们。

安静的小镇醒来了，商业街的商户们忙碌起来，人流从住宅小区出发，集中到各家早餐店后开始分流，该上班的上班，该上学的上学。

今天是周一，是团部中学升国旗的日子，学生们排着整齐的队形参加升国旗仪式。国歌声中，国旗飘扬起来，学生们又多了一次爱国主义教育的经历。

10点钟，早上第一班公交车准时由团部客运站发出，沿途在四连、一连、金马鞍旅游景点都有站台，只要半个小时，就可以到达师部北屯市市中心，老年人凭老年卡可以免费乘坐。嗯，免费是关键词。

团部卫生服务中心今天上午有点小忙，妇女们正在分批次进行两癌免费筛查，这个检查项目每年都在春天进行。这个免费，有了阳光普照大地的温暖，就算外来务工的妇女也可以参加免费体检，共享政策的温度。同样温暖的是，接下来的全民体检是真正意义上的全民，包括外来务工人员，关键词，同样是免费。

春天的关键词是忙碌，团部的早晨是忙碌的，忙碌的脚步是急速的，春天不等人，连队正是春季大忙的时候，从团部到连队有怎样的美景等着我呢？

通连公路笔直，这是一个有着一百公里通连公路的团场，路修到哪里，行道树就栽到哪里。团场的树就和团场的人一样，笔直坚挺，有着积极向上的站姿，那是来自额尔齐斯河北屯段世界杨树基因库的杨树种子。如今，经过几代人的栽植，枝繁叶茂的各种杨树守护着团场的美丽。

白杨树已经开始萌芽，那酒红色的杨花穗开成满树繁华，赏心悦目自不待言。它守护的是经过土地整治后的高标准农田，人们在集中连片的土地上耕作，不自觉就有了叱咤疆场的豪情。

春播正当时，每一块条田都有机车在忙碌，种植户只管把种子倒进种子盒就行了，机车手会按照作业标准去播种。现在的播种机车全部使用国产的北斗导航系统，播行平稳笔直，播深控制良好，播种质量没的说。

种子的来源全部市场化，很多职工依托合作社抱团取暖，寻找订单种植机会，来保障秋后好产品能卖出一个好价钱。种子、化肥、农药，都是自主选购，哪里合适就买哪里的。

种植结构在调整，职工愿意种啥就种啥，有倒茬换地需要的，就抢播春小麦；去年种过红芸豆的地块，今年播上黑打瓜，选取肥力足的地块把籽用葫芦种上；去年食葵产量高，今年扩大种植面积；今年还要饲养些牛羊，那就种上高产玉米和苜蓿。从瓜子类的经济作物到饲草饲料类种植清单，种植户们各有各的打算，信心满满地享受土地新政的具体实施。

始终环绕春播现场的，是布谷鸟催人奋进的号子声："布谷，布谷。"这属于春天的声音，此刻听来当是动人的，有了撸起袖子加油干的激情。

你在播种，他在接滴灌带，看到人们认真对待土地的样子，忽然有了"一分耕耘一分收获"的金句在空中传播开来的感觉。

进入连队营区去看看，春天的连队有了新的容颜。卖菜的面包车在这边用小喇叭报着蔬菜名揽客。在连队生活还是相当便利的，想吃啥菜，售卖的流动车上都有，流动售货车每天把各个连队转一遍，极大地方便了人们生活的需要。

这边还有卖鸡苗的厢式货车，打开侧门和后门，一层层的笼子里装满可爱的小鸡、小鸭、小鹅。这是春天热销的好宝贝，人们在讨论着今年是买芦花鸡还是买三黄鸡，或者买上几只小鸭、小鹅一起混养，到了秋后，这些吃粮食和饲草长大的家禽，都是餐桌上的美味佳肴。生活中的烟火气就在此起彼伏的买卖声中蔓延开来。

这烟火气会蔓延到哪里去呢？不如去幼儿园去看看吧，那里有新建的餐厅和全套的不锈钢炊具，还有两位专门给小朋友们做饭的厨师。今天的午餐已经分到小朋友们的餐具里了，菜呢，就是红烧牛肉炖土豆，主食是米饭，这样的营养餐免费供应。

小朋友到了三周岁只要背着小书包，不用交任何费用，就可以在团部幼儿园学习和生活了。这里的孩子享受的一切教育新政，来自地方的少数民族的孩子也同享。

午餐是换着花样的免费午餐，午休是标准的小木床，午休起来还有一顿加点，或者是水果，或者是蛋糕，或者是牛奶，这些也全都是免费的，这么好的资源全都让祖国的花骨朵享受到了。

午休起来的小朋友们精神头十足，开始在户外活动，三三两两坐着旋转座椅，或者在滑梯上一展飞驰的潇洒，像极了春天里撒欢的小羊羔。

对，去看看春天的羔羊吧。在连队养殖户的棚圈里，兽医正在做着春季防疫，那些新出生的羔羊和牛犊福气满满，已经开始学着啃食春天新发的青草。

特色养殖的鸵鸟是耐粗饲的，它们健壮的大长腿适合奔跑，那细长的脖子甚是灵活，嘴巴快速啄食着新拌的饲料，吃得正香。

特色养殖是个热门，这边是野猪饲养的圈舍，饲养员往圈舍运动场投喂玉米棒子，整个猪群沸腾了，充满野性的抢食，看着就充满力量。

充满力量的还有春捕。在团场密布的坑塘里，野生的狗鱼、五道黑、鲤鱼、鲢鱼味道正鲜美，鱼跃湖面的动感充满了勃勃生机。

同样勃勃生机还有春天的各色花树，在丰庆镇的大街小巷争奇斗艳，竞相开放。

榆叶梅等不及叶子的萌发，就先把满树的小桃红从根部一直长到枝梢上，满枝的花朵一层层地垒摞，小蜜蜂循着花香就来了，那花蕊朝下的小蜜蜂也不放过，就用倒挂金钟的技能完成一次采蜜。小粉蝶也来凑热闹，白色的小粉蝶和黄色的小粉蝶，用自己的翩翩起舞开启花树动感的美丽。

白丁香，花开端庄，紫丁香，花开热烈，哪一朵都是醉人的浓香。刺玫还是有点害羞，只把花骨朵羞答答地藏在新发的叶片后面，娇羞惹人怜，恰有了生活本真的滋味。

下午的暖阳正好，在广场健身的老人们可以在这里踢踢腿，甩甩胳膊，再聊一聊哪块地的苜蓿可以掐尖了，哪里的蒲公英都已经开出小黄花了。这都是春天的滋味，有着幸福萦绕的滋味。

最幸福的滋味，莫过于忙碌了一天去放松一下。人们在晚饭后去超市购物，去广场散步，去闻一闻春天的花香。

这里的春天，白天已经开启加长版模式，广场在落日余晖中响起了动人的舞曲。

刚劲有力的黑走马舞曲响起来了，舞姿优美的麦西来甫跳起来了。从三岁的小朋友到八十岁的老人，喜欢跳舞健身的人们都动了起来，广场成了一个欢乐的海洋。

夜色渐浓，我这一朵走到东、看到西的云朵，在这小镇丰庆镇游览了一天，看见这里的人们用智慧的大脑、勤劳的双手认真地生活，守护着祖国边疆的平安，他们注定是要幸福一生的。

我这朵驻扎在祖国边境线上的云，此刻愿幻化作一朵七彩祥云，祝福这里的建设者们和全国各族人民携手共进，在春天播下希望的种子，在秋天收获满满的幸福，开启祖国灿烂辉煌的美好未来。

看，紫丁香！

看，紫丁香开花了。一阵风接着一阵风送来的是紫丁香为这个季节专门定制的空气清新剂。

紫丁香是常见的绿化用树，在街头巷尾总有紫丁香把守，它是春天花香的源头。一波花香涤荡浮尘，一波花香专事停留，让春天的花香在这个季节缠绵着不想远去。

紫丁香，不管是高个子的，还是矮个子的，每一株紫丁香树看上去并不那么娇气。整株花树长相普普通通很家常，就在人行便道的转弯处，一株紫丁香无须修剪，自然生长，便有了院墙的高度。这样一来，高大的紫丁香更有理由把花香分发到春天的每一个角落。

紫丁香的花儿是耐看的，不管是高大的一丛，还是矮小的一棵，细细小小的花朵组成的花筒自下而上，一层接着一层，用团团的花簇，把伸出来的树枝、树杈结满，再结满。这是一种努力的生长，一朵纤细的花朵开放后，后面跟着千朵万朵，然后它们再自动抱团，依据了大自然的就近原则，结伴形成一个个拳头大小的花簇。

是的，是花簇，一朵朵小花组成团队，编织成了一个个团团圆圆的花簇，看似随意，实则精心，有的花簇长得像蝴蝶结，在风的摇摆中显得流光溢彩。有的花簇像箭镞，磨砺了顶端的光芒，随时等待满弓的发力。所有的花簇听从大自然的安排，用造型各异来表达春天的包容与开放。随意和精心就这样交织前行，让春天有更多的意想不到。

紫丁香的花儿，正因为细小，才显得不那么张扬，黄豆大小就让花瓣与花蕊精细地搭配了，再用深色的紫配上浅色的紫，或者直接就是渐变的雪青色，不争不抢，自成一派。

　　这就很难得了，在粉色、红色和白色花朵占主导地位的春天，紫色显得别具一格。一个多层次的紫色表现出色，在这个季节，不仅是一枝独秀和醒目了，简直就是光彩夺目。

　　紫丁香的花期有点长，哪怕是春天的大风也很难吹落紫丁香的花瓣，很多时候，一场风只不过吹乱了花簇造型，第二天，紫丁香就会自我修复，摆出更多的造型来答谢春风的成全。

　　看，紫丁香开花了，清丽的颜值和迷人的香气，填充着春天的丰腴。

看，边走边瞧！

三十年前，杭州商学院组织我们新生观看一部商战片，内容是郑州几家大型商场刚扎入市场经济怀抱的故事，其中一桥段颇有味道，"星期天到哪里去？郑州亚细亚"。这是一家商场的广告语。由此我们还衍生出另一谜语：星期天到哪里去？打一电视剧名，谜底是《虾球传》（瞎球转）。这就可乐了，其实，喜欢《虾球传》或者喜欢"瞎球转"是一种选择性视角。

这样一个季节，一天的时间，行程近百公里，眼前的场景不停地切换，是为瞎球转，更是为边走边看。

野兔子生活在这样一个季节大约是一种悲哀，旷野里的雪化完了，绿色的食物还有待生长，关键是藏身之处很有可能大白于天下。第一次看到牧羊人挥动手里的树枝对付一只本该反应灵敏的野兔子，野兔子的表现木头木脑，不过，最终它狼狈逃脱了，不由得替它松了一口气。

你提水来我加水，也是这个季节比较常见的。这是一个马上就要进入播种阶段的季节，在房前屋后停放的不仅有黑色的滴灌带主管道，更多的则是铁疙瘩农具，一个男人站在机车上，用水舀子给水箱里加水，他家的女人是负责提水的。冬天过去了，害怕水箱挨冻，水箱放空了半年，机车也空置了半年，现在就给它加满油料，加满水，好让它动起来，干活，挣钱。

下一个场景还是机车，车头们整齐地停在东边，农机具停在西面，应该是画好停放线的吧，要不然怎么排列得那么笔直。排放农机具的那片空地，很显然不太容易接受人们踏入，地面是积雪融化后的泥浆地，但这丝毫不影响农机具的排队，这不是最近几天才摆放的，一个长一百多米的农机具队伍很显然站立了一冬天，姿势很正。

碰巧了，如果说佛家有什么浴佛节，莫非今天是个集体洗车的好日子？在下一个场景，年轻的机车手一手拿着塑料扫帚，一手扬起一瓢水，在给机车做清水洗尘。几天前，看不到车和人的便道上现在堆满了人与车，忙着串门的女人胳肢窝夹着没有完工的手工布鞋，脚步轻快地走过，更加剧了眼前的世俗感。

边走边看，总归是要看些稀罕物的。在另外一处，看到门前的三堆柳条，这个就稀奇了，多年前，这里的人们会选择冬季编制柳条筐子，用于生产生活。时隔几十年，看到这稀罕物，很显然它会把记忆拉长。眼前枣皮红的嫩柳枝，带着树皮撕开时特殊的气味，很清新、很好闻的味道，试着想一想，用这些柳条编制的筐子、篮子必然是有一个好模样的。

这柳条的出现算是当季的玩意儿，很多不是这个季节该出现的东西也会不停地往眼睛里面闯。过了一冬的玉米，正趁着这个季节赶紧出来晒太阳，这就有了错季的感觉，原本秋季的丰收场景，时隔半年再一次显现，多少有一点强塞给眼睛的意思。去年的玉米价格大跳水，卖了是亏的，不卖吧，又要记得花时间伺候。比如，抽空给它透透气，给它晒晒太阳，就显得特别有必要了，要不然，霉变的玉米更是一钱不值，当然也有晒瓜子的，眼前的一切都有一种错季节的视觉效果。虽然，人们穿着当季的服装，但毕竟是春秋交接的时候了。

乡土气息浓郁还是要靠动物来体现，眼前一只小型宠物狗，无聊之时会追赶着两只笨笨的家鸭玩，家鸭果真很配合，夺命般逃跑。小狗得势，越加放肆。

瞎球转，边走边看，生活就是这样，世俗与应景、错季与偏差，总在不远处等着你。

看，补种也是种！

补种是农人每年的日常功课，从五月初开始，一直到六月初，地里补种的劳动力会活动在这个时间段的各个地块。

遥忆去年，春夏之交的风无遮拦地侵袭，那些欢舞的沙砾把新发的幼苗打成筛子状。那么，只有重播。

一个在南戈壁种地的职工说，刮风不怕，就怕戈壁滩上的沙子起来，有时候连庄稼的秆都打断了，打断了怎么办？连夜去种子店买种子，第二天还刮着风，就要把种子再一次种进地里。

补种，你就是要抢时间，你不抢时间，季节不等你。

上周五的一场雨，缠缠绵绵地在西风的裹挟之下，甩在了大田里和幼苗身上。在一块东西方向的条田里，那些个头稍微大一点的幼苗首先遭殃，黑色、烧焦般的叶片强力支撑着，其实，它的生命已经终结了。

这样的灾情，还是周六，地主请的放苗的季节工在大田深处发现的。地主赶紧打电话给连长说："这场雨是不是有毒啊，我的葫芦怎么都死了，看来还要找保险公司。"

季节工把放苗的钩子放在地头，腰上又缠上种子袋，拿了点播器，去给老板补种去了，不管是什么造成的幼苗死亡，及时补种才是王道。

还有一个种籽用葫芦的种植户，他的苗倒是没有冻害，出来的苗很大的个头，就是地里到处断行，稀稀拉拉的，就和躲猫猫一样，需要耐心找才能在断行的两端发现苗。

这个种植户也是准备找保险公司解决问题的，他的种子出不来，是因为地温没起来，种子还在向着幼苗转换的过程中，力道不够，直接就夭折了。

关于花豆，也不知道是谁家放的种子，种植户用自己家的花豆种子去种，出苗情况都还正常，就连去年没有种花豆的种植户，今年要播花豆，花5块钱买来的花豆种子出苗也很好，种子公司发放的种子是10元钱1公斤的种子，它就舍不得出苗。

种植户只能再接过种子公司重新下发的种子，再叫上劳动力去地里补种。也幸亏今年播得早，还有充分的时间去补种。

很多种植户都在琢磨着，先把苗放出来再说，苗放出来了以后，看看情况再定。

是自己插花一样补种一点，还是叫上季节工大面积地来一个比较上规模的补种，一切都得视苗情来定夺。

一个种植户就说，种子是播下去了，但每天晚上睡觉不踏实，惦记着这块地，惦记着那块地，又惦记南瓜苗别烫死在地膜里了，又怕葫芦籽在地里发霉变质了。

另一个种植户拿赌博来比喻种地。运气好了，播得早了，出的苗还好，还出来了，还冻不死。迟了的，也有冻死的，也有刮风刮死的。运气差了，早播迟播，总是缺苗，缺苗怎么办？就等着补种吧！

补种也是种，它将是春播后续的另一个小高潮。

看，从台地到河坝！

从台地到河坝，不超过10公里的路程，台地这头的起点是团部，河坝的宿营地在额尔齐斯河北屯段最美丽的那一处，这一段的路程经历过团场的道路、农田、建筑物，再到河坝的参天大树、草甸和一路向西的额尔齐斯河的转变。古老与现代，静谧与蓬勃相生相成。

总想在脑海中还原这一片台地最原始的面貌，从多位最初来到这片土地的老人嘴里得知，我们日常生活起居的所在，在几十年前是一块以梭梭领军，夹杂其他草类植被的原始戈壁滩，荒凉是它固有的本性。与其相邻的落差在几十米高程的河坝，始终如一地保留着它美好的状态，台地的荒凉严重配不上河坝的天生丽质。

七月的第一天，临时得到通知，要去徒步，赶紧混进队伍里，齐步走、正步走、散步式的走轮番调换着来，就这样用双脚去量台地到河坝的距离。因为脖子上挂着相机，于是总想故意掉队，让自己走在蛇形队伍的最末端。

团场夏季该有的风貌在沿途透露出生机，这生机的载体是通畅的公路、绿色成荫的行道树、贴着公路的排碱渠、大片大片的条田。当然，庄稼地里面不单有进入生命最旺季的作物，还有这片土地固有的或大或小的石头。这是生长石头的大田，拳头般大小的石头很容易被忽略掉，再小一点的石头更是不必去捡了，把石头都捡光了，这大田的土壤就太薄了。风大，石头还可以起到固定土壤的作用，再一个就是，短暂的无霜期是大田作物生长的保障。石头在大田安家，它多少能将太阳照射的光热，通过它的身体来传递给身下的土壤与身边的作物。就是这样的作用，被很多人认真地介绍道："这里大田能长作物全凭这些石头呢，没有石头的地里，作物产量不行。"

步行去河坝，多年前是一种首选，简单方便，不牵扯机械力，不费油耗电，自己就把自己运输到了目的地。时隔多年，杂务缠身，哪来兴致再去徒步？既然参加了徒步，那就跟着队伍走吧，虽然一直在队伍尾部吊着，但是还算没掉队。队伍到了河坝边上的二台，双脚疲惫，简直拉扯不动了，但就在二台边缘歇息。一片浓绿映入眼帘，一幅专属于河坝的美丽画卷慢慢舒展开来。随着眼睛的移动，一道可平视兼俯视的绿色饕餮就这样神形兼备地向我走来。

额尔齐斯河北屯段，这是一处杨树基因库树种繁多、绿意最浓之处。七月的河坝，刚漫灌了的草甸隐约闪烁着蓝色的光芒，草甸上散布开粗壮的杨树，树冠尽可能地在空间舒展开来，将阳光挽留在每一个叶片的顶端，让风把阳光荡漾开来，每一片叶子都欢快地舞蹈起来。

此地就是团场台地走到河坝的最近处，因为漫灌，草甸浸没，无法下行，于是，行程变动，队伍向西，再找一处伸入河坝的小路。小路很小，无辜躺倒的草地就是小路，这是有着各色细小的花瓣的野花编织的小路，一条绿草与鲜花铺就的小路，在面前无限延伸。

眼看就要到宿营地了，再一次故意掉队，在小路分岔处的一侧，很显然居住着一户牧民，一位哈萨克老人正在树下捣着酥油，皮口袋里面有液体随着木棍的搅动发出噗噗噗的声响。七月正是流火的日子，她还是羊毛衫加身，纱巾规规矩矩地戴着，长裙拖地，小孩子在旁玩耍，前方露天一个格子放置着奶制品。这里的奶制品加工完全靠手工，老人用手里的木棍慢悠悠地捣弄着时间，古老的器物、古老的操作方法、古老的时间、古老的流淌，连笑脸也显露出有时间划痕的纯真与质朴。

不愿多打扰，主要是语言不通，于是招手示意，赶往宿营地。宿营地在额尔齐斯河边上，白色的沙地，遮天蔽日的大树，一个拴在近处的牛，很显然，它就是给奶制品提供优质奶源的所在。它们一个系统的牛和羊，肯定已经徒步上山去了，山上的夏牧场想来风景会美得让人窒息，单单留下它一个，是相信它出产的奶量可以满足一家老小享用。

午餐的头牌是炖羊肉，这是野战炊事车做的，我没有兴致捧场，只是撕扯了半块馕饼，和着西瓜吃了。于是心神气定，喝起啤酒来便有了做底的，加之有娱乐元素丰富的歌舞相伴，河坝之行，很是爽快。

河坝的好，点点滴滴入眼兼入心，树木参天自不待言，就连喜欢攻击杨树的害虫也没见到，只见到青草漫漫、野花盛开，河水自顾流淌，这河坝当真是魅惑人的好地方。

返程的时间到了，爬上二级台地，眼前是通畅的大道，还是熟悉的行道树，还是熟悉的大田，还是熟悉的建筑物。河坝再好，我还是要回到我的台地的。

　　河坝的好，表现的是原始与静谧。源于哈萨克牧民祖祖辈辈细心呵护，这才有了河坝的长寿。台地的妙处，却是整齐与开阔了，相较几十年前的荒凉，台地的重生完全得益于团场几代人的精心打造，台地与河坝就这样齿轮咬合着，伴着额尔齐斯河日夜不息地流淌，流淌。从台地到河坝，恰是团场人与当地人不争水土的一再验证，更是一幅团场人改造戈壁滩，将新绿洲与绿色河坝重新匹配的历史长卷。

看，地邻也是邻！

小麦地挨着花豆地，南瓜地挨着草场，你的地与我的地接壤，你的作物和我的作物共饮一渠水，你用过我一截子旧滴灌带，我借过你的铁锹，你帮我拉过化肥，我帮你参谋过机车型号。

地和地挨着，那么大家就是邻居。

先说小麦地，小麦地是用水大户。在大条田里，一整块麦子地，几块高包地，或者几片低洼地，都要浇到。很多老职工说会用"高包地不旱、低洼地不淹"来表达浇水技能高超。

但，现实就是现实，低洼地就像地漏，有着吸引来水的天然好身材，积水在所难免，将引向接壤的南瓜地也就成了定局。

所幸，南瓜地的种植户很是通情达理，她首先尊重客观事实：这是个坑浇麦子，本身要用水多，要不然高包就上不去。她还会换位思考：要是换了我家浇麦子，淹了别人家也不是故意的，都在一起，这几行本身是坑，种不成就不种了，算了。

"在一起"是一个最好的解释，这是最大的客观事实，锅碗瓢盆，难免会碰出一些大家不愿意听到的声音。

还是麦子地，另一个条田，另一个地主，浇麦子地发生了水管爆管的事情，把旁边的花豆地淹了一亩多。

花豆地的种植户拿出连队的规定来说事，连队规定了，不管什么造成别人的地被淹了，都要负责赔偿。

连队的意思是，你还没有出苗，等看出苗情况，由小麦地种植户把补种的费用掏上，这样来解决。

花豆地种植户的意思是，去年最高的亩产是280公斤，就按照这个单产来赔偿豆子。

还是小麦地，这次是打除草剂。种植户身背药桶，一下一下地打着喷着，原始的作业手段，很显然和现代化大农业有点背道而驰。

种植户说，这两边都是南瓜地，该出苗了，飞机打药的话，人家这南瓜地就不出苗了，都是一个斗渠的，人工打药不影响别人。

飞机打药的话，连队规定了某些药水不能打。正如大家所说的，那个药从五连的小麦地跨过排碱渠，都能飘到八连的南瓜地，效果是好的，杂草闻到味道就停止生长了。南瓜正在出苗，这样的农药坚决不能用。

种地的人之间相互体谅或者产生摩擦，很正常，没想到一个放羊的和种地的，他们的连续剧好看。

种地的是额定的亩数，地头地边都是草场地，适合放牧。种地的和放羊的就因为草场地的缩减，种植地面积的扩大，搞过一次大规模勘界，见证人众多。

春忙，发生了两件事，他们打成了平手，或者叫一比一平。

种地的自述，一不小心多播了一点地。放羊的不依不饶，找了信访局，成功塑造了胜利者的形象。

隔天，放羊的羊群进了人家已经播种的南瓜地，种地的要收取每只羊10元钱的门票费，羊群集体进地，没有团体票一说，按羊头算门票钱。

养羊的只好说："上次多占的地，你要是种的话也不干涉了。"那多占的一亩多地，会长出种地的想要的大南瓜。种地的成功扳回一局，关于收取门票钱的事情也就这样通过谈判与交易，相互妥协了。

他们的故事很简单，剧情很平淡，地邻也是邻，自带三分亲。

看，低温的盛夏！

已经进小暑了，老天滴滴答答地下着小雨，持续的低温自解冻起，始终笼罩着这里，天、地、人，还有大田里的作物一同进入了有些丝丝寒意的夏天，这里有了一个超常年份、低温的夏天。

前一段时间算是初夏吧，初夏出现的大风霜冻天气，是显性的一种灾害表现，肉眼完全可以体察到低温扫过的痕迹，辣椒的主茎会由绿变黑、叶片会有大风咬过的痕迹、小麦波浪般倒伏。现在的持续低温却让人无话可说，就是想要给保险公司报天灾的话，理由显然也不够充分。

进入盛夏的低温破除了"早穿皮袄午穿纱"的俗律，街上穿什么季节衣服的人群都有，棉衣棉裤应该稍显过分了，但是穿着羽绒服或者皮衣的摩托车手、三轮车手不在少数，上年纪的老人家披挂着呢子外套出行，也不是什么新鲜事，长衣长衫是这个夏天的主旋律，南方常见的热裤、超低类的裙子、裤子很是鲜见。这就是盛夏的气温打造的街景，今年的夏天完全不必用天气凉爽来炫耀，就直接说，天气有一点冷，标准切题。

小暑这天，独自一人去大田旅游，出门时天气也还好，上路了，老天越发阴沉着一张脸，雨点就这样敲鼓般零星下着，有了江南夏季暴雨来临之前的预演。短打扮显然不合时宜了，短袖就是这样，它可以让胳膊充分和空气接触。很不幸，我穿的就是短袖。胳膊被雨打湿后，湿冷的空气还要把体温带走。所幸，雨势不大，时间短暂，这个冷，还是能用哆嗦来化解的。

沿着公路一线远远望去，大田里的作物，就像集体做品种汇报课一般一字排开，数公里长。这里就摊开了团场今年主栽作物的所有品种。

传统的食用葵花少见了，倒是见了油葵，它们一律低矮、瘦小，正在努力培育花苞，就像一个个细长的脖子努力撑起一个不大的脑袋。

打瓜长得也不尽如人意，蔓叶匍匐在地，散漫的、开着不多的嫩黄色花朵。如果你想去找一个鸡蛋大小的瓜蛋子，还是要费一些眼力的。

甜菜的叶片还没有完全舒展开来，它固有的肥厚一时半会儿还体会不到。

南瓜地、西葫芦地远看就像荷田般壮观，大大的、圆圆的叶片托举着深黄色的花朵，瓜也长得喜人。长形瓜透着宋瓷孩儿枕的风范，颜色接近，体量也接近；圆形的南瓜，再长一圈大约就接近成熟了吧。但，这样的地块并不多见，才进入花期的地块占了一大半。

小麦是喜凉的，多半人高的个头，穗子又长又大，偶尔透过云层的光芒可以看见麦芒在闪光。

玉米长得差强人意，主要是不齐整，而且还有缺苗的地块，看上去总有营养不良的感觉，绝对不会让人产生青纱帐之类的美好联想。

最想看到的向日葵花开也算看到了，玉米地里就冒出一个来。这是一个属于自生自长的葵花，它半张着，努力开着花，向着盛夏的太阳娇艳地开放。

盛夏的低温对作物的影响，藏在作物的身体里，它们集体不好好长个子，集体不好好开花，集体不好好坐果，这里的抢农时，大约就是抢无霜期吧。在盛夏，作物生长最茂盛的时期，需要太阳多播撒一些温暖给大田才是，那么，这些晚秋作物才能在后期有大批量成熟的可能性。但是，无霜期这个家伙比太阳的行踪还令人难以捉摸。还有一个月就要立秋了，还有两个月就有初霜光临，一切的一切都表明情况不妙。

低温环绕，长时间的低温对作物生长的阻断是隐性的，等到收获季节的到来，那么盛夏低温的滋味才会通过作物的产量丝毫不差地显现。

低温的盛夏就这样潜行着，那就盼着轻霜冻晚来几天吧，好让种地的人们能多收一点，也对得起这一季的忙碌。来年，好再继续努力——种地。

看，丢下一粒籽！

春种一粒粟，秋成万颗子，是多么美好的一番期许。现实生活中，你丢下的那一粒籽，需要太多的天时地利人和才能无限美好地接近秋成这样一种境界。

六月应该是蔓延的新绿爬满双眼的时节，就算是卡住农时，也应当是机车下地中耕的时候，或者是什么都不干，对春播的劳累做一个休整的时候了。在这样一个农忙连着农忙的间歇期，人们得以舒展一下劳累的腰身。

正迎合时令的是芒种时节，还要在地里忙着补种，随便一块地都有包裹了头巾，穿戴上自制的种子口袋，提上人工点播器的人们，在地里回应着古俗的教诲。芒种时节是一个坎，过了这个坎，就算是想补种，随便是什么作物，能够最终达到秋成这个标准都是一种奢望。

自从化雪后，低温一直缠绕着这里，大风天不用掰着手指头去数，只要刨去少有的无风的几天，随便提溜出来一天都是有风的天气。其中，大风天又占据了整个有风天，将整个四月、五月添得满满当当。

地温始终在低处徘徊，不肯向上攀爬，地膜底下的打瓜种子、南瓜种子、花芸豆种子会有什么样的表现呢？大约要分三种情况来看。

一种是那种"敢为天下先"的种子们，它们义无反顾地率先从地膜中探出头来，想在春天里得到生发，用绿色来昭告自己身为一粒种子的本能。

它胆子也太大了，一场大风随时都会来看望它，带着冷气、带着暴雨的力量砸向它，它的浑身经过一个黑夜的冰冷，再经过一个白天的风吹日晒，早衰就已经上身了。原本该含绿的娇羞，一天一夜过去了，虽然已经变黑，但依然执着地站在地里，这样早发的幼苗注定早夭。种植户去报灾，请拍照片的尽量把黑色拍出来。这样微不足道的苗头，果然在大风中被打击了，黑色在照片中都显得不那么明显了。

还有一类种子更加无辜，没有合适的温度，最终在萌发的过程中腐烂，再也没有机会探出土壤，看一眼这低温的春夏。

　　当然，还有一些种子因为土壤墒情，因为埋在土壤里的深浅度适宜，会躲过带着冷气的风，在六月到来后钻出地表，让嫩绿在一片土黄色的大田里得以展示。这是一些幸运的种子，它们生得正逢时，六月的风还能大到哪里去？六月的太阳还能躲到哪里去？只要再把滴灌带的水喝上，秋成的把握有没有不好说，能活下来长大，则是无忧的了。

　　那些后补的种子，如果拼命挣扎着出了苗，然后疯长，赶在秋天初霜来临之际得以秋成，那同样要拜托天时地利人和的共同作用，才能真正实现。

　　丢下一粒籽，发了一棵芽，这样的一个作物生长周期，就是团场种地人一年或收或欠的年景。秋成还只在美好的期待中。

看，故园老树应无恙！

年初的一场持续三十二个小时的八级以上大风，让团场历经近半个世纪风雨的老树们被人们关注。它们抵挡着狂风肆虐，护佑着初播作物的幼苗。老树的存在，仿佛救命稻草般，被人们念叨着、感念着，善良的人们都说这是团场人历年植树造林所得的庇佑。

往前数四十七个年头，团场还只不过是哈萨克牧民转场时的临时栖息地，除了平坦的戈壁滩固有的梭梭和零星的红柳，别无植物。定位的三脚架架在高处，手持望远镜远望，除了戈壁滩还是戈壁滩，团场第一批建设者夜宿戈壁滩，第一件大工事就是开渠引水，第二年，行道树与条田林便初具规模。在年初那场风灾中，老树们是当仁不让的铜墙铁壁，与大风展开了三十二个小时的拉锯战，胜利虽说属于老树，但伤残在所难免，一部分老树最终趴下了，再也没有站起来。

自从水资源丰沛的额尔齐斯河进行人工调水之后，老职工们在水稻田里用脸盆捞几化肥袋子各色鱼类的故事便成了过去。自从实行节水灌溉后，职工们都是买水卡进行作物滴灌，为了节约水资源，一级向一级申请铺设防渗渠的专项款，防渗渠的公里数呈几何数成长。新造的林床有专门的渠水与专人照应，成活率不是百分之八十，就是百分之九十，必须可喜可贺。

轮到老树们，对不起，原有的预留取水口已经完全封闭，有限的资金与有限的水资源无暇顾及老树们的饥渴，按理说，树老根多，何至于老树去喊渴。前些年倒也不至于，地下水水位高，往地下挖个一米多就可见水，现在大田已进化到无须漫灌的升级版，加之防渗渠的无限蔓延，地下水水位呈直线下降，老树喊渴已成为推翻老树不怕旱神话的事实。

团场第一批建设者们亲手栽下的老树，曾经给劳作工休的职工们带来多少阴凉，修枝打杈废弃的枝条更给多少家庭点燃袅袅炊烟，地头偶然的烤麦穗、烤玉米带给人们多少甜蜜的回忆。这充满深情的老树、老有所为的老树却正在一一老去，一如栽植它们的建设者，随着岁月的流逝一一老去。

所幸，已经有人在行动了，有觉悟的人在申请，能否在春秋两季大田不用水时，给老树林带进行漫灌。善良的人们总在想办法，总想以此来恢复一些本地的珍贵的地表植物，让脆弱的生态得以喘息，让老树喝一口清凉的额尔齐斯河河水，健健康康地活下去，继续活跃在抗击风灾的第一线，荫庇团场后人。

看，留兰香的四季！

估计在家里养留兰香的人家为数不多。一次偶然的机会，我把留兰香请回了家，先是把它安置在小院里，小院易主，它随着我搬家，一起住进了保障性住房。

初夏，正是留兰香肆无忌惮地散发着清新气味的时间段，额尔齐斯河边的留兰香不停地向空气中输送着它的本味，一种固定思维般醒脑的味道，夹杂着绿色植物生涩的生命力的味道，由不得人们要对它下手。他人只顾掐取留兰香新发的叶片，好带回厨房烹饪，以便让口唇之间留下持续散发的清新。也许，这是一种不错的选择。

用更加合适的方法疼爱它，也不是没有。在水边，取一柄枯枝，沿着留兰香的根部缓慢操作，一株带着新鲜湿润泥土、完整的留兰香就出土了。把它带回家，是一个更加不错的好主意。

有一个小院子可以种植一点点应季的蔬菜，对大多数人来说，都是一件令人愉悦的事。幸运的是，这株来自额尔齐斯河畔的留兰香，可以安然入住一个有着家常菜杂居的小院。

初夏，太阳广播热力的情绪大涨，离开河边不久的留兰香依然青翠，赶紧把它放进新挖的土穴里，那是院子靠近东面的一小块菜地，有着夏季蔬菜竞相生长的环境，单独给留兰香浇上一瓢定苗水，想必它会很快适应这个新的环境。

留兰香确实很争气，几天没关注它，想起来赶紧去看它一眼，这小家伙居然长高了一大截，就像这儿从来就是它的家一样，一点儿也没有怯生生地搞个水土不服什么的。留兰香自顾自地生长着，有微风袭来，自有一阵阵清凉的香味四下散开，如此看来，我必是开心农场驯化植物的第一高手了。

留兰香没有和我争抢功劳，它恣意地用须根扩张着自己的地盘，它不管不顾地享受着大太阳的灌顶。我每当给菜地浇水的时候，都能听见它喝水的声音，那是它支在土壤里的毛细根须伸懒腰的节奏，如此贪喝的家伙，肯定会有一副好身板。

转眼到了来年的春天，院子里的积雪融化了，在冻土之上，一株枯木般的枝条竟然缀着些许绿色。我的留兰香度过漫长的冬季，再一次复活了，它的出现大约是春天那第一点绿色吧。

也许留兰香知道春天、夏天和秋天将是它一生中最灿烂的一个段落，它开始在土壤里搞起暗潮涌动的小把戏。等我要安置蔬菜苗的时候，它已经扩张了一大块土地，新发的茎叶密集开来，晒着它顽强的生命力。那好吧，菜地就这么大一点空间，你们共存共荣吧。

绿色的留兰香就在我不管不问的态度下，在我疏懒打理的现实情况下，顺着它根须探明的空间攀爬出地面。它不惜牺牲裸露的根须，也要把绿色蔓延开来，让那清凉的空气密布整个夏季。当蔬菜们开出白色、黄色的花朵时，它也当仁不让地开出立体的、向上的一束紫色的花果，那是一种冷色调的雪青色，用冷艳来描述比较恰当，用它的美丽身姿和小朋友合影留念是再好不过的选择。

转眼秋天到了，留兰香的紫色花果在秋风中匍匐。也不知是这花果的原因，还是因为根部新发的茎叶，它在老气横秋的绿色里冒发出秋天难得一见的新绿。很显然，这是一株最新诞生的留兰香，娇嫩一如去年初夏的初次见面。

我知道我和小院就要用搬家的形式搞一场告别仪式，在初霜打过之后，所有小院的绿色都透露出大面积残败的气息，那新生的留兰香还依然披挂着年轻的绿色……还等什么？还等初雪吗？不能再等了，初雪说来就要来的，赶紧把留兰香连着根、带着土，请进废弃的塑料盆中，请回室内。第二天，一场声势浩大的初雪就长时间覆盖了整个小院。

天放晴了，留兰香随着我搬家的节奏来到了保障性住房，它的绿色是珍贵的，它的气味是甜美的，它的新家就暂时在卫生间吧，那里有舒适的暖气供应。去年的冬天，留兰香是在积雪中度过的，它把生命力隐藏了起来；今年的冬天，这留兰香完全有理由张扬地生长。

留兰香，你持续不败的绿色和强力散播的清新陪我度过春夏秋冬，这个状态挺好，那就保持吧。

看，六月的田野！

六月的太阳用光线轻易拨开最后一丝云，用肆无忌惮的态度统治整个天空。蓝色无遮拦的天空和白色的太阳光芒，邀请不大不小的风参与进来，让田野的生长气息流动散布开来。

老鹰舒展开双翼，在半空中滑翔，它用健美的身姿展示田野的安静。布谷鸟还在不知疲倦地呼唤，布谷声有一下没一下地在田野回荡。杨絮与柳絮，在白色的光线投影下，形成一个生命集合体的飘飞，它们有离开母体的不舍，也有自由落体的安然；地面上就有去年扎根的杨树，已经油嫩的叶片，闪烁着新生命的干净光泽。

大田里的南瓜苗已经有了铺张开的决心与信心，它们尽量伸展，向着四周的空间，打开一张张绿色的伞，间接地为根部的土地保湿起到了不小的作用。有南瓜叶片的气息从大田上方蒸腾起来，再通过风传递着南瓜秧子迫不及待要进入快速生长期的讯号。

冬小麦已经进入抽穗期，黑绿色的麦秆、麦叶、麦穗有了初熟的模样，它们密密匝匝地在大田站立，不去管穿梭往来的风是大是小密植的冬小麦对不大的风，从来都是坦然视之的，它们这个集体有着生命从容的笃定。

大田四周的林地，田旋花匍匐着打开了喇叭型的花朵，呼朋唤友般招来金绿色的甲壳虫，漫不经心地攀爬与停留。

铃铛刺的花开得粉嘟嘟的艳，浓郁的花香招惹菜粉蝶、黄粉蝶不停地起飞降落，这样的小型起飞一时搅动多少花香，在铃铛刺的周围形成一个久久不肯散去的花香带。

沙枣树进入一年最甜腻的阶段，小米黄的细碎花朵一朵接着一朵串起来，一串串集合起来就是一小枝，有了京剧马鞭的形态，这样的聚集就有了千军万马的气势。这数不清的沙枣花，一起呼出甜津津的花香，吸引多少黄蜂嗡嗡嗡地围着满树，只管快速地扑扇翅膀，枝干遒劲的沙枣树繁盛之余，更多了几分喧闹，这样的阵势，是不是能多结几颗沙枣？

野蔷薇不甘落后，也准时进入了花期。那打开的白色花瓣，有黄色的花蕊招蜂引蝶，蔷薇花的清香是干爽的，是藏在树荫下的凉意，有挥发性香味，漫不经心地在提神醒脑。

苦豆子的花序有着漂亮的形状和奶油色的韵彩，它们整只举着的花序，像极了花坛摆放的微型花塔，这样醒目的存在，自然是黑蜂追逐的对象。黑蜂的宝蓝色翅膀轻轻地摇动，促使黑蜂在半空中悬停，采蜜还是玩耍，只有它自己知道了。

野苜蓿端庄认真地开着紫色的花蕾，那是螺旋上升的紫色，有了神秘的气息，淡淡地吐出。同样是紫色，刺蓟就要张扬许多，它可以用满身的细刺来保护一朵亮紫色的花朵，那是朝着天空生长的花朵，有着新娘捧花的外形。

那些已经熟透了的蒲公英，已经开始了第一轮的家族繁殖计划，那些自带降落伞的毛针，吹着六月的风，晒着六月的太阳，参与生命轮回的接力。

快意地生长还是贪婪地生长，太阳的犀利与果决，夏风的干脆与热烈，渠水的浅流与欢畅，六月的田野总在用拔节长高来展示一年中最蓬勃的旺盛。

看，绿地的夏天！

绿地的夏天来得浓郁，来得芳香，一声鸟鸣被微风捡起来，再撒播在花香和草香里，满载音符的空气在绿地上空游走飘荡，许是关于生长的进行曲吧。

空中好看的云朵在和太阳玩着捉迷藏的游戏，一会儿挡住太阳的半边脸，一会儿坠在太阳的圆下巴荡秋千。

路过的白鹭被人工渠系的曲折婉约吸引，翩翩落下，闲走几步，就在人工湖重新起飞，也许旷野才是白鹭最合适落脚的地方。

老鹰是追逐目标的好手，也许这里是鸽子方阵的集散地，是不是会有弱小一点的鸽子贪恋草地的草籽？老鹰盘旋过后，会在合适的时机来一个俯冲，就地拔高，不管目标是否到手，这样的飞行表演还是一个动作不落地完成。

今年的粉蝶较往年来的个头要大一些，深黄色的颜色，点缀上黑色的斑块，对着才开的花示好般起舞。比起白色的小粉蝶和嫩黄色的小粉蝶，它们是不是更加醒目？

小蜜蜂不知疲倦地扇动着翅膀，嗡嗡嗡的声响任性地让花瓣随之起舞。七星瓢虫却是一个安静的家伙，盯住一朵花蕊静停，假装自己就是一朵睡醒的花朵。

夏天的花，开的也就开了，没开的正打着花苞，趁着夏天生长旺季的到来，不努力生长便完成不了生命的旅程。

草坪里的蒲公英是快速生长的冠军，这边才开了亮色的黄花，那边已经举着轻盈的种子衣钵成熟地站立。再过去，还有刚铺张开的绿叶正在孕育花骨朵，这是生命的接力赛，从春天开始，一直到上冻才停下来的接力赛。

春天里迟开的紫丁香，还有在夏天来凑热闹的，紫粉色的细小花朵累累撺撺组成自己想要的模样，有的长成了绣球模样，有的天生就是一朵花蝴蝶结，还有的是不规则形状的花球，满树开花，挤挤闹闹的，不失淡雅之风。

刺玫，热烈奔放地开在绿地各处。一朵玫瑰正在微启红唇，一朵玫瑰已经大方地招蜂引蝶，一朵玫瑰的香味加上无数朵玫瑰的香味，是香味的叠加还是香味的复制？

碗口大小的芍药花有着细长的颈，微风徐吹，亭亭玉立的形象便树了起来，紫色的、玫红的、浅紫色的，端庄的形象，耐看。

在绿地的立体花香里，沙枣花的香气占着统领的地位，沙枣花的开放是渐次推开的。从花骨朵开始，青绿的色彩还藏在小小花苞里，已有淡淡的花香透了出来，等黄色的、细小的花朵满枝摇曳时，那荡着花香的空气开始弥漫甜蜜的香味，这是让蚂蚁也迷醉的香味。

安静的绿地是需要些动静的，喷灌在各处草坪，一起作业，那突突突的声响，对绿地来说是一个生长的伴奏。

带着太阳七彩光线的水珠在洒水半径跳跃着，一捧水珠给了草尖，一道水柱给了叶片，一滴晶莹挂上枝头，一份清凉却铺进了草坪。

夏天的绿地是浓郁的，这香馥中透出的，恰是生长的种种美好。

看，时令也是"令"！

布谷鸟站在树杈上，婉转地把布谷声声空灵地传递，一只布谷鸟的欢叫声可以布满整个条田。十只百只布谷鸟，在大田、在林间，任性欢唱，那么，美好的春天就会有忙碌的身影穿梭往来田间地头，依据季节的严苛安排农事。

春分日过后，农事安排已经开始了，虽然大面积的积雪是消融了，背阴处还是有没融化的雪与早春的太阳抗衡，考验太阳的光热力度。

这个时间段大约属于待播期，机器检修在有一下没一下的敲打声中，冬眠伸懒腰一般，不慌不忙地开始。

挑选种子也是一种应景的农活，干快一点也行，慢点也可以。摊开种子，挑选强壮的入围春播，老弱的就珍藏起来，等收了秋，混合在新的农产品里，也就浑水摸鱼地去了外面。

开一个动员会给放松了一冬的心情提振一下精神，再应对接下来的春播。各有各的打算，有四处筹钱借贷的奔忙，也有找地、找种子的一再权衡。

当春小麦开始播了，这农事安排才正式上了轨道，一环套着一环，一环推着一环，追赶着季节的脚步。

春小麦只是春播主菜前面的一道开胃菜，那么平地耙地整地就是给主菜铺台子，那扛进扛出的化肥、滴灌带、地膜，就是调料了，他们在烘托着、恭迎着春播的主角上场。

今年的主角毫无悬念还是无壳南瓜，去年、前年、大前年都是它领衔主演，它演得不错，是今年再度当选年度总冠军的最大理由。

双膜机、三膜机、四膜机轮番上场，你争我抢地在地里嘶吼着，把一年的希望一颗一颗地埋进地里。它们的生命力的旺盛与否决定了后面的苗情，苗情的好坏主导着整个庄稼的收成，没人马虎对待，都很认真地去侍弄。

有风有雨还是要下地，季节不等人，很多时候，你会有"人家的苗都出齐了，咱们家还没有播种"的哀叹。很多时候季节就是这样催着人奔命似的，比学赶超，往前去。

播好了种子，活还是不断，还要请人来把滴灌带给接通，再把灌溉水给订上，自己掌握了灌溉时间，就等着出苗吧。

各有各的打算，各有各的安排，有人愿意早播，这样后期的生产管理是不是就会从容一点点？也有人不愿意早播，害怕把种子捂死在地里面。

时节始终是左右人行动的关键，种子也是一样的，你把它从播口下到地里，它大可以从播口露头、发芽、展叶，可是它偏不，哪里有人为的、暖和的地方，它就往哪里钻。地膜里面暖和，种子就随了自己的心愿跟随了暖意，在地膜里面发芽。

一颗调皮的种子这样来玩耍，也就罢了，满地的种子捉迷藏，着实令人着急，节气在这摆放着，太阳的光热随着时节的更替力度在不断加大。

一项多增加的农活很急促地摆在了面前，把幼苗从地膜里面放出来成为一个必须及早要干的事情。一个劳动力，一天也就是能干十几亩地吧，这还得雇请劳动力一起干才行。

接下来有苗了，就该依据时节，好好伺候这些能养活一家老小的庄稼们，稍有松懈，老天派的监工布谷鸟会配合时节，欢快鸣叫，催着喊着，人们一步步地向前走。

大约你遵守了时令的"令"，就会赢吧。

看，岁月蹚过这条河！

额尔齐斯河是一条远在天边的河，它蜿蜒于中国西北以北一线，自东南向着西北静静地淌过这北国的家园，而岁月也在不知不觉中蹚过这条河。

关于这条河的记忆总是常新的，每到春季，就开始惦念着下河坝玩耍，这个惦念玩耍的人，指的是三十多年前的我。那时的我还是个小学生，团场子弟学校的小学生，刚脱掉厚重的棉衣，就盼着春游去河坝玩。这河坝指的就是额尔齐斯河河谷，一个离团场不足10公里的地方，那里盛开鲜花，那里青草漫漫，那里古木参天，那里雄鹰盘旋，那里河水宽阔，那里水草肥美，总之，河坝是春游的绝佳首选。

春游其实是个古俗，这是一个比较接地气的活动，正因为如此，春游总能勾起多少美好的往事与曾经相伴的人。当然，同样是一条河的记忆，同样是对河坝的记忆，不同的人却有着不同的记忆。

关于去河坝，很多时候不只有游山玩水这样一个单一的功能，四十多年前，它还承载着为周边人群提供燃料的任务。团场初建离现在快有半个世纪了，也就是说，五十年前，团场所在的戈壁滩还是原生态的一块二级台地，它表面附着的植被原始而简单，红柳、芨芨草、梭梭是比较高大靓丽的植物种类。但就是这样的美丽植被与河谷地带丰富的动植物资源相较而言，颇显单薄。这单薄指的是简单且艰难生存的植被，在空旷的戈壁滩显得总是那样微不足道，几乎可以忽略不计，尤其是对人类生存的支撑，这些植被就更是力不从心了。

团场之所以坐落于戈壁滩上，理由很简单，那就是与地方村民不争水土的原则使然。河坝有着富饶的土地、丰沛的河流、繁盛的动植物资源，但这些统统属于地方村民，与团场人无关，团场人只有在燃料极度匮乏的时间才会去河坝找些枯枝充当炊饮的燃料。当然，也会在春天到河坝割些柳枝回来，在大田旁进行扦插，以此来绿化自己新建的家园。还有就是夏秋时节，杨树的种子成熟了，团场人也会下河坝去采集它们的种子，用于苗圃育苗。这额尔齐斯河北屯段可是全国知名的杨树基因库，杨树不仅长得茂盛，品种还齐全。现如今，团场可环抱的杨树，都是几十年前在河坝采集的树种，落户戈壁滩扎根、生长，进而长成参天大树的，团场的杨树一如满河谷的杨树一样，高大结实。

下河坝，很多时候是戈壁滩对现实供应不足的一种无奈，那年月团场人会用定量供应的面粉去河坝人家换取一些高粱面或者玉米面，或者是鸡蛋，丰富自己的饮食。这是在物资极端匮乏年代时不时就会出现的场景，由此也可验证河坝的出产是充满诱惑的丰富。

虽说，团场到河坝只有10公里的直线距离，但是没有交通工具的支撑也是很难成行的，尤其是那年月去河坝打柴火的连队人，每旬就休息一天。当天，他们早早就赶往河坝，天黑了才把柴火弄回来。戈壁滩是一望无际的开阔，不太可能给走夜路的人们一个合适的地理坐标，标注出连队具体的方位。连队充满智慧的人很多，他们会在连队的最高处木杆上挂上一盏汽灯，这汽灯就像航标一样，在戈壁滩上指引着打柴火的连队人顺利归队。

等我有资格参加学校组织的河坝春游活动的时候，交通工具已经比较高级了，那就是带着拖斗的拖拉机。拖斗里面可以塞进无数个激动不已的小学生，拖拉机就像一辆超载的敞篷车一般壮观，一摇三晃就到了河坝，这就是最初的旅游了，新奇、刺激。河坝的原生态与团场的条田、土屋有着本质的不同，这大约就是旅游的深意吧，让人体验不同于日常生活的味道。

那时的步行不算什么远足运动系列，纯粹属于自己想去一个地方，自己运输自己罢了。总有和同学一起步行去河坝玩的场景浮现，对于玩，步行的辛苦根本不算什么。可以爬树，可以掏鸟蛋，可以在宽阔的河面上用石头打水漂，看着石头在水面上持续运动，留下一串串短暂的涟漪，童年的美好大约就是这么简单。

游玩还只是河坝提供的一项功能，它还有一项交际的功能。我在初中的时候，学校和别的团场中学文学社联谊举办采风的活动，地点就选在两个团场之间的河谷地带，记得还相互留赠了小礼物。那么这河坝，就不单是童年美好的回忆了，还多了一份青春的记忆。

当然，年轻时，我拜访过长江将进海的壮观，也欣赏过钱塘江的回潮，更是在黄河大桥上路过黄河很多次，不过还是脑海中的额尔齐斯河更显得端庄秀丽、青翠欲滴。但自别后廿年，重游现实中的额尔齐斯河，总觉得它变瘦了，虽然大树依然茂盛，总觉得草地上野花少了些，天空盘旋的老鹰还在，野鸭子和乌鸦少了些，其他的鸟类也只是偶尔飞过。曾几何时，一不小心就能找到一窝又一窝的野鸭蛋的情况，至今没再出现过。就连鱼也开始不留恋这条河了，要不然，怎么不见它们浮出水面的影子？

岁月就这样无遮拦地在这条河上蹚过，关于一条河的记忆就深藏在岁月里，岁月赋予它什么，它都一一接受。相信它会载了岁月，依然不管不顾地向前流淌，继续哺喂着它流经的土地，以及思念它的人们。

看，乌拉尔甘草带！

甘草是一味中药，性甘平，镇咳祛痰，是中药中应用最广泛的药物之一，其药性和缓，能调和诸药，堪称百搭，于是享有"十方九草"之美誉，所以，许多处方中都有它，这么好的东西，它的家在哪里呢？它的家和我的家在一个地方，一个日照时间长，昼夜温差大，地表呈半荒漠状态的乌拉尔甘草带。

认识甘草还是在孩童的嗜甜期，手指粗细的甘草根又干又硬，在甜味缺失的年代，你可以在这木柴一般的黄色植物根茎上啖出甜味来，这是在自然界可以直接获取的甜味。等上了学，勤工俭学有一项，就是每学期开学交甘草若干公斤，直到20世纪90年代，晾晒好的干货也只不过几毛钱的收购价。

十几年前，我开始整理这片土地的地理志资料时，才真正知道，我所处的地方就是乌拉尔甘草带，甘草这是这片土地特有的、与生俱来的生物物种。说白了，就是野生的，自生自灭般地生长，等人们在这片土地开始采挖甘草时，一直没有人站出来说话，直至甘草难觅芳踪，限采令才出台。于是乎，一旦有采挖甘草的现象一律得以曝光与惩戒，幸免的甘草种群得到一个繁衍生息的机会。

每当八月来临，甘草种子的成熟期到了，同时收获期也到了。这时候大田的农活不忙，人们可以腾出手来，四下里采摘甘草种子，很多人在整个8月可以在甘草种子采摘这一项上获利上千元，这属于第一个环节，他们只管采摘，自然有上门收购的。这时的种子是新鲜的，在发泡似的种子囊袋里藏着呢，第一手的人们只管把这新鲜的种子囊袋交售给二传手即可，价格随行就市，随级定价，今年的价格就在7元至11元之间游离。当然运气好的话，又碰巧农田改造，尤其是碰到渠道清淤，深藏地底的甘草会冒出头来。马上去撕扯拉拽，就新新鲜鲜地拿回家，当天就能卖掉，收购价格是两块五毛钱每公斤。这对任何劳动者来说都是小小的补益。

　　收购方一律是来自甘肃的回民，他们集中居住在小镇的一隅。那是一条背街，少有人经过，水泥路面上铺满了甘草种子发泡般的囊袋，他们迎接太阳光肆无忌惮的直射。这是有着高蒸发量的地方，有着优质的日照光热资源。就这么几番晾晒过后，种子进一步成熟了，再用小四轮机车来回地碾压，再碾压，起到一个脱粒的功效。干燥的囊袋在重压之下变成了粉末状，戴了口罩与头巾的女人用了木铲一下一下地迎风清扬，土黄色渐近姜黄色的粉尘就四散开来，只留下这一季人们辛苦得来的、珍贵的甘草种子。

　　整个八月就是一个甘草季，人们采摘甘草种子、晾晒、清扬、装袋运走，一颗小小的乌拉尔甘草种子日后可以长成一株标准的多年生甘草。它有着黄色的根茎，绿色的黏涩的叶片，根茎可以广泛入药；同时这种子广布栽植后，还可以缓解一下每年从亚洲进口多少吨甘草、从欧洲进口多少吨甘草回填国内缺口的现状。

　　那好吧，就把这甘草种子运走吧，让更多的劳动者品尝这甘草平和的甜味，再让这优质的乌拉尔甘草带给国人一个健康的体魄。

看，霞揽田野入梦来！

风还在，已经是不太经意的暖风，在田野里安静地走过。这是一个平和的傍晚，注定有一场晚霞，会在机缘巧合下慢慢靠近田野，把田野安然揽入，轻摇，让田野在柔和的清风中，做一场关于万物生长的梦。

接近夏至的日子，在这里有长长的白昼，夜的迟来，总有一个过渡。在天边的西北角，一场孕育了瑰丽的晚霞，正在喷薄而出一场梦幻般的场景。

这是一个关于光影调和的现场直播，太阳下坠到天边西北角的下方，总有对一天美好时光的眷恋，在依依不舍的缠绵中，撒一把今天最后的光线，就在天边慢慢织就一张不规则的霞帔。

这霞帔，经线是黄色的鲜嫩，纬线是银色的靓丽，太阳遁去，这霞却得了出头的机会，把金黄色的本体扩大化，再镶嵌一个银色的边框，边角缀满亮片。这样一来，灿烂与辉煌全都有了，把半边天照射得明亮与通透。

一队野鸭子排成一字形、方形从西至东斜刺里飞行而过，它们披着霞光，是不是有了更多的续航能力？或者，在霞光明亮的照射下，是不是更容易找到新的栖息地？

田野忙碌生长的一天总算有一个安静的时间段。白天，出放苗的队伍，也是排着一字形方阵，在铺膜的地块，认真地释放每一个作物的幼苗，幼苗得以在田野呼吸新鲜空气，还能在霞光中一较各自的小体格，当是一件比较开心的事。关于生长，从来都是需要对比的，霞光下一排排地膜反射着白色光芒，幼苗们排着统一的一字队形，行与行之间有着关于生长的较量，株与株之间同样有比个头的挺拔感。

一场晚霞大约有启程、在路上、归去这三个自动分层的不同场次。

当金色的晚霞，铺张开最大的面积，那就是晚霞把基础全都打好了，只等着高潮一波一波涌来；那金红色的梭子在金色的霞光中穿梭，霞的色彩变得丰富起来，以金色为底，一整片的金红色随意调和出浅紫色、紫罗兰、宝蓝色。所有深色的色彩，都在这金色的底盘留下一抹色彩，再自动隐去，再来一波，把色彩打乱顺序，再来一遍。

此时的田野随着霞光的布局，同样在变幻身形，那高大的条田林，就像黑色的剪影，站在光亮处，把刚毅涂满整个群落。

庄稼地里的庄稼幼苗，在绿色打底中，采撷霞光刻意留存的色彩，集体披上了迷彩装。

道路泛着光芒，回应着晚霞的光亮。

是时候返程了，晚霞把色彩和亮度推到最高值时，就是晚霞归去的时间。归去的晚霞，把所有的紫色色块快速打乱，重新编码，用尽最后的力气把最后的光亮退去。

那天边的西北角变幻成了夜空蓝，一个深邃到底的夜空蓝，那里有晚霞曾经走过。

看，夏日疾风自西来！

在啃着西瓜，吹着摇头电风扇的日子里，一场属于这个夏季的疾风自西来。疾风夹杂了灾难大片必备的元素，给正在缓慢升温的夏日暖意来了一个当头棒喝，难道真要用这样的方式表示一年一场风的境遇才对吗？

大风蓝色预警就和"狼要来了"一样，有着开玩笑般的不认真，也就没人十分认真地当真，已是六月天，能有多大的风？

但，事实是西风吹着口哨来了，就像是冬天的西风，熟头熟脸地来了，没有丝毫客气地长驱直入。是好莱坞派来的烟雾师吗？精准地将昏天黑地布置得完美无缺，天上是下沙还是在下土？太多的遮天蔽日乘坐西风而来。

按说，见过大风或者小风的红柳，不会太过在意一场西风的过境，但事实是，红柳用全身的力量表达了自己的顽强。那一棵棵柳树更不用说了，齐刷刷的枝条树叶，顺着西风的到来，向着东边做着一个投怀送抱的动作。

庄稼地里，南瓜的叶片不再伸展开来，而是紧缩为一个个绿色的卷，就由着西风在叶片上下随意地穿行。

春小麦正是有着麦浪的月龄，结了长穗的麦田调集了整体的力量，整个麦田都在或左或右、或上或下地晃动再晃动，仿佛跳起了摇摆舞。

那些身着漂亮羽衣的小鸟们，原本有着矫健的身手，在这西风起来的日子里也忘了飞行口令，大多数的时候会钻在草丛里躲上一躲这西风的来头大；一会儿还会不服气，子弹般弹跳起来，迎着西风上扬，便升上了一定的高度，与西风来一场顶牛大赛，西风不停，小鸟悬停。一场胶着的比赛也就几秒钟，小鸟便曲线回到一个能停靠的野草草尖上，盯着西风的强劲，多少有了不甘心在眼神里流淌。

放学的小朋友手牵着手，排了一字长蛇阵，在风中艰难地前行，艰难前行的路还有很多，前方困难重重。一起抵御风的强劲，到底是谁想出来的好点子呢？

骑行三轮车的男人，在风中自觉猫下腰来，想着让西来的风自头顶吹过即可。他没想着挺直了腰板，与西风来一个正面交锋。

那推行自行车的妇人，两只手把着自行车龙头，顶着西风前行。一股莫名的风，将她白色的凉帽掀翻在地，帽子翻滚着成了一个白色轮形的物体，借着风势，迅速在街面上健步如飞地滚动起来。妇人不舍自行车，疾步追赶着白色轮形物体滚动的脚步，俨然化身成了一个追风少年。

西风来了，带着干燥的飞尘来了，将一些经不起大风折腾的树枝树杈无情地肢解开来。

来一场雨，是不是会压下去一点这风的势头？实在不行，给干燥的大地来一场漫灌也行，一个高于河谷的台地，更加渴望一场解救生态环境的漫灌。

小麦马上就要灌浆了，等麦穗有了沉甸甸的感觉，那就更怕这夏日忽然起势的风。

西风来了，又走了，天气预报的小雨与阵雨的互动与反转，最终没有成行。

看，一风屏春夏！

　　中国人对生存环境总是报以美好的期许，总爱用最美好的季节来麻醉自己的感受，管你身处何方、什么季节，总爱用四季如春来赞美与搪塞。

　　这里是典型的温带大陆性气候，这里的春天是一个极限运动的代表，这里的春天喜欢坐过山车，这里的春天比较喜欢表现春如四季的意境。

　　有春或者无春的提法总是那么含混不清，就连四季分明这样的词汇也显得不那么自信了。一场没有停下来的风连续挤满整个四月和五月，小满就在眼前，夏天的滋味还深藏在国人熟知的秋裤里。

　　春末夏初，"脸基尼"也会在大田出现，跟车播种的男女，一律"脸基尼"的装扮，那是为了抵挡机车走过畦垄腾跃的土壤粉尘的侵袭，帽子、口罩、头巾、飞巾齐上阵，一如几十年前地劳作。不分男女，冬天全是棉帽子、皮大衣、毡筒的装备。夏天的男女都扯上白纱布，把头脸裹住，在大田劳作，以此防蚊。时至今日，防蚊帽出现了，同样的效果、同样的感观，"安能辨我是雌雄"在劳作的大田里，年复一年地上演。这里的"脸基尼"男女体会了生活的艰辛。

　　跟车压膜是一种常规的动作，风来时，它会钻进压过的地膜，将地膜鼓吹起来，让受保护的种子无处藏身。风越大，大田劳作的人数就越多，再一次地集体出动，拿上铁锹，走一步铲上一锹土，压在地膜上，不给风任何缝隙可钻。

　　干播湿出是气候条件给予的播种方式，种子下到地里了，人们马上接上滴灌带，让种子有一个合适的土壤湿度做温床，孕育新生命，但气温始终低迷前行。丢下一粒籽发了一棵芽，这样轻快抒情的民间小调虽然听起来很是顺耳，但很多时候，种子发芽或者不发芽会在现实中本真显现。

　　天天要来的风带来了持续的低温，躲在地膜下的种子有的出苗了，有的永远就出不来了。播后半个月是出苗与否的时间指标，本该是只在播后放苗出地膜一项工作，已经够累人的了，现在的地温，只能再花上人工和种子钱，再进行一次人工补种的工作。

那些赶往连队劳作的人们会在这个季节身着不合时宜的厚重冬装，坐上敞篷的四轮车，奔走在一个条田或者下个条田。他们是这个季节最繁忙的人们，他们和这风一样，强劲地来了，便没有再停下来的理由。跟车播种、覆膜压膜、接滴灌带，一块一块的条田都有这样穿着笨重冬装的人们，用"脸基尼"的模样示人，奔忙，再奔忙，追赶着风的脚步，为自己赚取一点最基础的生活经济来源。

连队的孩子也会在放学后，被父母包裹在棉衣里，或者乘坐摩托车，或者三轮车，行走在树叶已经会沙沙作响的道路上。这是什么季节，是夏天吗，为什么会有冬装常驻的景象？是冬天吗，为什么"脸基尼"随处可见？

这是春天，一个风来了不走的春天，它缠绵着把夏天果决地屏蔽在去年的回忆里。

夏天还是来吧，虽然它现在还在风尘仆仆地赶路，但毕竟它还是会来的，那些需要高热量日照点化的作物盼着呢。

看，又见野鸭嬉水边！

前段时日去河坝，没看到野鸭子的行踪，总觉得去河坝的收获就打了折扣。不过，最近在家附近的排碱渠又见到了野鸭子，它们依傍水边，做窝、孵卵，给这废弃的排碱渠平添几丝灵动。又见野鸭嬉水边，多少有点恰似故人来的意思。

野鸭子不是什么稀罕物，小时候总有人家为了丰富餐桌的供应，在春夏之交去水边寻找野鸭蛋。野鸭子是一种比较警醒的禽鸟，一旦有风吹草动，它就会嘎嘎地叫唤着，斜刺里就飞离自己盘亘的窝，留下窝内的鸭蛋，任人去捡拾。野鸭蛋的蛋壳是一种浅的艾绿色，意思是："我的蛋壳穿上绿色保护色，混居在水草之间，你们千万别来碰我，好让我安静地孵化出来。"但事实上，那漂亮的艾绿色，不是大自然植物特有的绿色，有经验的人绝对不会看走眼，而错过一窝富含蛋白质的野鸭蛋。其实，野鸭蛋的味道有着淡淡的草腥气，和家养的鸭子产的蛋滋味差不多，有不少人爱这一口，我却不然。

其实，小时候，我大约更喜欢等艾绿色的野鸭蛋孵化出来，我喜欢看到野鸭妈妈带着一群小野鸭在水面快速滑动，我多么希望它们能为我所有，成为我的宠物和玩伴，这多好啊。机会属于有心人，一次，在排碱渠有掉队的小野鸭子，它们速度与体能都在我的追赶下减弱，一个黑脸的男人"横刀夺爱"，说这野鸭子是他家的，还义正词严地斥责我。我明明就认得出这是野鸭子，啥时候变成他家的了，一不留神，小野鸭子喘息之后归他所有了。晚上，这个男人还找到我家解释，说是小野鸭是养不活的。我是懒得搭理这种人的。

如果说野鸭子养不活，那纯粹是胡扯。初中时，应邀去连队给同学家帮忙收葵花，他家的小院子就养了一小群野鸭子，它们灰头土脸的，身材苗条，动作快捷，其中一只成为当日餐桌上的一碗荤菜。吃到嘴里，只是觉得满是骨头，没有肉。而且，火候的原因，总觉得肉比较柴，至于滋味嘛，倒是吃不出和家养的鸭子肉有什么不同。

总觉得，今年春天的野鸭子数量在变少，这也许是我自己观察的偏离。去年夏秋之际，它们的群体庞大，黑压压地落在收过的麦地，觅食散落的麦粒，即便有牛羊在旁，也会安然地继续采食。在水面上，它们也会集体捕捞水里的小鱼，它们的食物选择余地很大，身形上明显有了一圈秋膘，它们在为南飞做最后的补给。

幸好，又见野鸭嬉水边。

看，在当季开放！

不在当季开放，自会错过日后的成熟，这对一场花事来说，迎合季节，绽放执着成为一场博弈，与生命的博弈。

大田的夏季是一个色彩丰富的调色板，这来源于一场接着一场的花事，让我频繁切换视线的就是大田里的作物们。

它们有着一个好听的名称，和这花事有关，那就是"花花田"，意思是一号地块开的什么花，结的什么果，二号地块开的什么花，结的什么果，各有各的精彩，各有各的想法。

油菜花开了，开得高调与张扬，用视觉密集应征蜜蜂与菜蝶舞动一场动感。密密麻麻的油菜花在茎叶的托举下，完成一次展示，属于这个季节的展示。远看，就是一整片黄色娇嫩地铺展开，风动，不变，一个需要集体力量来演绎的集体操；近观，细碎的花朵自我分层，让蜜蜂可以有更多的机会逗留。

南瓜的叶片已经有了铺天盖地的气势，南瓜用大朵来争得一席之地。大朵的南瓜花坐实要抢得一次绽放的机会，就连带着太阳光芒的南瓜已经拳头大小了，依然不舍娇艳，就依托南瓜的长大半开半闭，依然有着吸引蜜蜂光临的魅力。

花芸豆也赶在七月初开花了，叶片规整，就像被剪裁过一般，精致中透露出一点灵性。它的花朵不事张扬地开放，就用淡雅的紫色向雪青色再向白色过渡，说它像精雕的紫罗兰翡翠，一点也不为过。

打瓜的藤蔓匍匐开来，上面爬满迎春花般的嫩黄花朵，浅浅的色调，淡淡的黄色，谁曾会想，如此细小的花朵，日后将结出个头挺大的打瓜。秋后，瓜瓢的颜色也是这淡淡的、不起眼的黄白色。如此看来，打瓜花的清新淡雅也不失为一种恬静的美。

　　大面积的油葵要开花还要稍晚一些，但现在，在渠旁、在地头，总有去年散落的油葵种子自我生发，就在无人问津的生存状态下自己长大了。这个长大毕竟先天缺水、少肥，个头矮不说，为了在当季开放，顶着早熟的称号，大大方方地就把自己打开来，将圆盘子的花朵朝着太阳升起的地方，自顾开放起来。

　　花到开时自当开，迎合季节，努力绽放，淡雅也好、奔放也好、寂寞也好、张扬也好，在这个季节华丽丽地走过就好。

看，逐水而居自在活！

　　生命总是需要用顽强来验证，还需要用绽放来证明，更需要逢时逢源、左右相佑来完成。

　　一湾水，不仅传递着生命的信息，更多的是承载一个生命华丽地走过，悲壮被灿烂压制下来，一个逐水而居的生命是多么需要用赞美来陪伴。

　　额尔齐斯河的河水在到处都缺水的生态环境下，变得越发宝贵，这宝贵，通过各种水利设施的建设进行分流。

　　水泥预制板是一个防止河水跑冒滴漏的盛器，就在这防渗设施中，水流加速运动，将宝贵的水资源运送到一块又一块大田里，有目的地成就一大片生命的成活。

　　在水泥预制板的夹缝中，毫不犹豫地钻出一个又一个鲜活的生命，它们有着生的渴望，也许是勾缝师傅在预制板之间无意留下了一小溜的土壤，也许是风吹来的土壤在水泥勾缝中聚集。

　　就是这样的一个土壤环境，依然不舍植物的种子眷顾、留恋。

　　风是一个生命的介质，它不仅会让一粒种子飘荡游走，还会让一粒种子裹上一层土壤，宝贵的土壤。

　　风是一个经验丰富的老农，它还会让在水泥夹缝中的种子离水面近一点，再近一点。

　　就是这么刚刚好，逢时逢源，一个接着一个的植物种子完成了生发、长大，并且快速地开花，让生命的灿烂凭水自照，留下一个美丽的身姿倒影水中，自随水流波动传递一段风流。

　　蒲公英开花了，就开在水面的一侧，在它的根部汇聚着有用的、珍贵的土壤，同样有用且珍贵的是一些大风运抵的废旧塑料袋。

对于一个生命的成长，一切环绕着它的，大约都是它所不弃的。

一个废旧的塑料袋是风送过来的礼物，一个彩色的礼物，打开礼物，里面的内容丰富。

在蒲公英的幼年，塑料袋会为它遮风挡雨，还会为蒲公英的根部吸纳盘踞一些新的土壤，水面的高低，很多时候是由闸门来控制的。水多时，它还可以帮助蒲公英抵挡一下水势的凶猛，更可以有预谋地截留一小捧水；水少时，可以给蒲公英的根部随时来一个滴灌。

风吹日晒，塑料袋变得老旧了、难看了，它依然默默陪伴着这逐水而居的蒲公英。

风扬水流，日月变换，蒲公英开花了，一枝独秀般向水面延展开，保护它的塑料袋虽然老旧，依然不改助其灿烂的本性。

一朵花儿的娇羞，有水流波动的映衬再好不过了，有陪衬物，那就会更上一个层面。

万物皆有用，陪衬一朵黄色的蒲公英花，恰是看似无用的废旧塑料袋。在它的陪伴下，蒲公英的绽放更多了一分自信，美丽自不待言。

一个生命个体，总有一丝命中注定在等待着它，在低处生存，自有相佑的伙伴与之一起拼搏。

生命绽放灿烂时，当是赞美到来时，路过的一切艰辛与困苦都将变得无所谓。

看，自生长！

　　没错，是花香，潜伏在风中的花香，飘飘摇摇地漫步在空气里，没有悬念，这冷香凝结的风释放着六月固有的花香。这是一种自生长，到了这个时间，管你是凄风苦雨还是艳阳高照，谁都挡不住这沙枣花固执的花香，当然，还有和它同呼吸共命运的植物群落们，都在这个短暂的无霜期时间段里自由自在地生发。

　　去年早已风干的沙枣果实依然不舍枝头，悬挂在风中摇摆着枣红色的身韵，那千朵万朵压枝低的恰不是它，而是凝结了寒冷气息的沙枣花。一串一串的细小花朵缀在枝条上，单看，那不是京剧舞台上黄骠马变成的马鞭吗？在风中渐次摇曳，是驰骋吗？一枝沙枣花就是一匹黄骠马的化身，千枝万枝呢？那是一种鹅黄的升腾，如同千军万马浩荡而来，归来马蹄香。那么作为媒介的风，更是挑了由头，肆无忌惮地、不管不顾地四下里散布这持久的花香。

　　比鹅黄更鲜艳的是黄色，简单的黄色，纯正的黄色，这是蒲公英在这个季节专属的颜色。蒲公英的叶片贴着地面自发地生长，这是一朵去年插着白色羽翅的种子变的吗？在树荫下，渠道旁，一丛蒲公英就张开三两支花朵来，就是这简单的黄色，一如漂亮的织毯，需要亮眼的花朵作为点睛之笔，亮亮地跳进眼睛。它们的花期要长一点，再长一点才好呢，等黄色消失了，那白色羽翼蓬松成一朵圆球，依然点缀绿草之间。随着季节的变换，织毯也在变幻，变出一个多姿多彩、可爱的模样。

　　那么就静等时间将黄色的蒲公英变成白色的蒲公英吧。说到白色，这个季节，杨树的种子会裹在棉白色的小球里，借助风的力量无所不往。这是这个季节最自由的一伙，风到哪里它到哪里，从来不知疲倦地东游西逛，像是要仗剑走天涯的侠客。新发的杨树刚长出来不久，红色的茎秆，绿色的叶片，带着新生的油腻水滑，亮晶晶的在风中自由地晃动，新生，总是那么让人动心。

去年，一切都来自去年，枸杞树的根茎会生发新的枸杞吗？或者是随风飘落的枸杞自然生发的呢！矮矮的模样，一丛一丛的，显露出小灌木特有的肆意生长的本性，在这矮矮的身形里，分不出主次枝条来，它们就这样一起努力向着蓝天，或者向着左右前后四个方向，张牙舞爪地生长着，很自由的模样。它们的使命就是生长生长再生长，然后开花结果。

红柳也开花了，酒红的枝干变得年轻了。嫩绿的枝条也在渐变，有着浅绿、深绿、浅红、深红的渐变，已经开满紫色花穗的，透着饱满与富足。红柳是一个比较夸张的自由生长的典范，它愿意浑身上下全都用紫色花穗包裹，张扬开的枝条，再形成一个合抱的姿势，在孤寂处，红红火火地形成一整片花的海洋。

喜欢集体冒尖的还有芦苇，它们不成片生长便不会罢休，这也是去年的芦苇种子自由生发的。它们自由飞翔后得到了一方水土的挽留，成片的箭镞般的芦苇同班同学般一起长大，个头相貌都差不多，就是一个接着一个的复制品。再过一年，恰是六月，这些新生的芦苇的叶片会长得舒展而平滑，会有能干的主妇请了它们回去包裹端午节的苇叶粽，清清淡淡的苇叶经过水蒸气的激发，会把恬淡自然的感觉浸入粽香中。

乌拉尔甘草同样脱胎于去年吧，新发的叶片，黏黏涩涩的感觉，是它自身体内的糖分在析出吗？招惹着蜜蜂、昆虫围绕着它转个不停，总想在它身上得到点什么。能得到什么呢？再过两个月，它会不会结籽呢？这可是这片土地在农忙空闲期比较来钱的短期工作。把甘草种子捋下来卖钱，也算大自然对这些自生长的生命体的褒赞吧。

大自然给了这些自生长的植物群落一些生长条件，它们就这样扎下根来，或用花香、或用花形、或用甜美的果实回应着大自然，展示着自生长的强大力量。向它们偷学两招，是不是自己也会变得强大呢？

看，白碱地有黑枸杞！

白碱地有黑枸杞，在雪白一片的白碱地，那一丛丛、一簇簇低矮的灌木，捧出一串串黑果枸杞，那黑果枸杞在阳光的照耀下，闪烁着黑亮的光芒，那是黑色的眸子在注视着这片荒凉之地。

听说，世间还有黑枸杞这样的生物，还是去年的这个时候，一个外来的老板，推掉了某连队的部分条田林，专事种植黑果枸杞，据说此类黑枸杞干果每公斤可达上千元。终是没见识过黑枸杞的真容，也就是看到一辆推土机在干着平整土地的活，一座白色的帐篷驻扎在地边。

到了今年的秋天，陆续和黑枸杞有了接触。最早的接触恰是一个关于这个老板把黑枸杞推掉，再重新栽植一遍的消息。

在另一个连队遇见了同行的家长，他说他忙于种地却不忘教会孩子吃苦耐劳，他的两个女儿在一个暑假就创造了两千元财富，这着实让人刮目相看。

这位家长表扬着自己孩子的能干，问题是这上千元收入从何而来呢？他说，也有采摘苦豆子挣的钱，大约占到一百块，最主要是采摘黑果枸杞，这个暑假就摘了七公斤，价格从三百八十元到四百五十元的都有，可不是挣到两千多块钱嘛。

这么厉害啊，闻听过后，好生觉得该家长教女有方，想来家里的能宝宝与行宝宝，是断不肯吃如此苦头的。

问题是，这个也要有的摘才行啊。对，他们连队有野生的，路过，确实看到有人总在路边地里摘着这野生的黑色果实。

该家长还介绍说，他们连队本身就有老板包地种植的，随后，有机会去看，还真的像那么一回事。铁丝网拉着，圈了一块地，进得门去，野草丛生，在离地面不高的地方，长着矮矮的带刺的灰绿色枝条，少有的几棵零星布着些黑色的果实。农业科学家介绍说，黑果枸杞富含花青素，不待话语落地，农业科学家已经开始给体内补充花青素了。

是淡淡的、不甜也不苦的生腥味。黑果枸杞果然能延缓衰老吗？

专家的原话是这样的，每天早上起来泡上三颗，喝了精神一整天，这个就极具诱惑力了。人家种植的都是围起来的，自己还要采摘呢，哪里会敞开让外人采摘？这位家长说，野生的很多，是不是骗人的呢？

接下来是验证他说的野生的很多这个话的时候了。果真，在给羊洗澡的池子四周，极易发现一丛丛野生的黑枸杞，植株比老板种植的高大许多，挂果也多。

后来，在另一处白碱地也发现了黑果枸杞部落，那散落在丛林深处的植株健硕挺拔，有着粗壮的枝条，那枝条上密密匝匝挂满了黑色的果实。

道旁苦李，为什么这玩意羊都不吃呢？你看，那些红果枸杞枝条被羊的牙齿修剪得很是齐整，为什么轮到黑枸杞，羊就放过它，让它放肆地生长呢？

动物是敏感的，一般人类的手也是敏感的。

黑果枸杞在枝头闪烁着诱人的光亮，下手去摘，刺包围住手，取回黑色果实，刺对手来一个依恋。怨不得羊群放过了多汁的黑果枸杞。

那些枝条上的刺会随着人体的移动而移动，你去了这一颗的方向，它便跟随着去，你去摘那一颗，它又跟了过来，总之心惊肉跳、酸爽刺激伴随采摘全过程。

如果有请季节工的，不知道工价高不高，少了大约没人会愿意去干吧。反正，正常人群被扎上半个小时，大约就有放弃整片森林的想法。

都说白碱地长黑枸杞，都说白碱地的黑枸杞长得格外大，特别多汁，在雪白一片的白碱地，那些浑身长满刺的黑枸杞有着满满的花青素，路过，你大可以让这些刺们品尝一下你的手是否丰满圆润。

看，爆米花诞生记！

　　又到爆裂玉米成熟的季节了，在铺满秸秆与玉米皮的大田里，金色透明的玉米棒子扎眼地横躺其间，这是一种可以制作爆米花的玉米，它生长在大田里。一粒爆米花的诞生大抵是从这里开始的。

　　追本溯源，认识爆裂玉米还得从十几年前的上海说起。那时我结束了苏州的旧书店工作，赶往上海工作，工作地点在闵行，友人是住在宝山的，是老友，自然是要走动的。虽然要纵向穿过这城市，也还是要走动的。

　　上海是一座比较洋派的城市，在人群密集处总有"哈利克"的牌子放置在爆米花机子上方。爆米花机子四四方方的，透过前方一整块玻璃可以看到爆米花的真容，好好的爆米花非要起个名字叫作哈利克，大约是那种连锁的爆米花机构统一的行为吧。

　　友人提议两人合作，也做哈利克去卖。我认为这是一种高端的产业，普通人哪敢企及。友人带着我去超市买了玉米，籽粒很小的玉米，金色倒是金色，浑身还透亮，有点半透明的感觉，又去了食品添加剂商店购买了一大块人造奶油，黄色不规则的块状物，有比较淡的香味。

　　友人是一个动脑、动手能力比较强的人，他拆了一口高压锅，在盖子上方加了一根可以搅拌锅底的铁丝，这就等同于制作哈利克的机器了。做哈利克的四方机器是用电的，这个也好解决，我们使用液化气就可以了，记得是那种便于携带的小型液化气罐。

　　说干就干，周六是一个人群比较爱消费与消遣的日子，我从闵行坐地铁转公交到了宝山，我们特意找了一家新近落成的超市门前去做。那家超市也是有着什么家啊、福啊之类字眼的超市，规模算宏大的，所幸当时的城管队伍还没有健全吧，摆小摊的流量装扮着周六美好的商业气氛，我们用加热后的奶油香气吸引着过往行人。

抓一把玉米，在色拉油滚过的锅底加一点奶油，开火，友人就开始转动手中的搅拌器，立等可取的热乎乎的爆米花就诞生了，浑身裹挟着冲鼻子的奶香味，十分勾人。我负责把塑料篮中的爆米花稍稍晃动冷却后，倒进马甲袋里，然后就是一手交钱，一手交货了。很多的顾客立等可取，总唱念着和吃牛肉面一样的嘱咐，多加点葱花、多加点香菜之类的，半数顾客都是要求多加奶油，多一点，再多一点。

半天工夫，战果辉煌，友人的小细胳膊灌铅般沉重，所备原料用完了，连本带利200元，什么也没落下，就落下了一个自制的爆米花机而已。于是喊叫着这活太累了，制作爆米花当作第一桶金的想法黯淡了下来。

十年前去乌兰察布当上了坐商，开店而已，老乡也开店。老乡想法多多，他想去太原购买一台制作哈利克的机子。在市场卖哈利克肯定赚钱，这是他想法的原动力。西风渐进，洋派的东西总是能给人以新鲜感，我说："且慢，我有制作爆米花的经历，改装一口带盖子的锅就可以了。"试验嘛，用爆米花产品来试验一下销售情况，再买哈利克机子也不迟。

超市是一个五花八门啥都有的地方，爆裂玉米混杂在粮食、豆类的区域，先少购买了一点，说是很贵的。结算时，按普通玉米的条形码结算，窃喜之后，又后悔没有多买一点。试验是成功的，我指的是爆裂玉米在自制的爆米花机里面果然膨胀了身体，展示出白色的胖嘟嘟的模样。投放市场，效果一般，老乡断了去太原旅游的念头，又一次短命的哈利克事件无疾而终，同样只是落了一套锅具罢了。

去年，团场引进爆裂玉米种植，我们没把它当作新鲜事物看待，全力做好义务劳动更重要。劳动场地在三连，劳动项目是给注满水的林床新植树木涂白，下水作业不太现实，想到加长版的刷子一定能顺利完成此项任务，于是进连队找长杆子。见了紧密的玉米棒子堆在一家人家那里，玉米的主人在装袋，问了问他爆裂玉米的情况，主动讨要了三个棒子回家。

爆裂玉米还是长那个样子，手工脱粒后，赶紧下锅去爆炸，结果，籽粒都变成黑色的了，也没见炸出几个爆米花。于是承诺家里的食客，为了让他们能吃到爆米花，只有一条路可以走，那就是购买。

友邻是等待拆迁户，他家的自来水管道提前不工作了，他恢复了二三十前挑水吃的状态，挑水地点选择了我家，为了答谢滴水之情，他每回来挑水，都会带一大包爆米花来给我家的小食客，他有这个能力提供。去年的秋天，他足足捡了一口袋爆裂玉米，按照农作物收储的标准把玉米籽实晾晒得嘎嘣脆，于是他就能爆裂开来一朵朵完整的爆米花，我的三个玉米棒子则不行。其实，前面三连的种植户都说了，今年晒不干了，连着棒子卖，两块钱一公斤，要光是玉米粒，那就可以卖到三块钱了。我空有两次与爆裂玉米的交集，却辜负了家里食客对我手艺的殷切期盼。

今年的拾秋我认为早就该结束了，不曾想，最近又参加了一次拾秋，目标地点是爆裂玉米地。玉米的倒伏与收获玉米的节奏太慢，很显然造成了大量的浪费，多少玉米棒子在地里等待田鼠光顾。

这里的秋天是忙碌的，这里的秋季用工是紧张的，这里的季节工工价是高的，没人能顾得上这些遗弃在大田里的玉米棒子，就连退休后想捡点东西卖的老人都对它视而不见，老人的目标是地里残留的滴灌带。这滴灌带经过专业收带子的队伍大面积扫过之后，总有残余的留在地里，老人半天工夫可以捡二十公斤，就可以在二道贩子手里变现五十块钱。玉米，他是不要的。他说没用，甜菜的收获浪费也很大，甜菜他也不要，死沉沉地重。

看着眼前的这一大片爆裂玉米地，它的主人今年不亏就是幸运的了，至于明年，我还有没有运气再捡到遗弃在地里的爆裂玉米，这是另外一回事了。反正，今年捡的玉米可以随时打发家里的食客了。顺便说一句，街上卖的爆米花的价格一直很高，我这捡来的爆裂玉米其实也很值钱呢。

看，秋来声色溢！

每一个地方都是有固有味道的，很多的时候你可以直接嗅出。比如宁波，有着咸咸的海水味；比如绍兴，有着飘逸的黄酒香；比如杭州、苏州，一到秋季则是满城桂香，这都是我曾经驻足的城市，都曾留下我年轻的脚步。

故乡，小镇是什么味道？大约无人盘点。当打瓜成熟之际，打瓜机在大田里破瓜前行，故乡的秋天就在这清新淡雅的瓜香中向我们缓缓走来。你闻闻，空气中满是甜味，我原以为甜味只能品出，不曾想，甜味是可以嗅出的。故乡的味道是甜的，清新淡雅的甜。

一叶落而知天下秋，这里秋来早，行道树一天一个样，一树的枝丫开出一个缤纷的世界，浅绿、深绿、嫩黄、鹅黄、金黄、棕黄、绛红，过渡着、蔓延着，秋阳洒下碎片的光影，为行人镀了深深浅浅的光，满脸的金色报以透亮饱满。大田里黄至发红的大南瓜竖排成行，那是一片辽阔，放眼望去，数以万计的南瓜在紧急大集合，这是何等壮观的队伍，不把双眼点燃誓不罢休。甜菜地里则是一幅盛夏的光景，渠水还在浇灌着这浓密，这是化不开的浓密，过膝的叶片肥厚甜美，动脑筋想一想，这甘甜的额尔齐斯河河水灌溉的甜菜幻化成的白砂糖该有多甜蜜。渠系旁，芦花开得正旺，黄白相间的毛茸茸在舒展的叶片顶端自鸣得意地摇头晃脑；沙枣树老气横秋地捧出累累果实，炫耀着粒粒充盈；红柳脱下展示了一夏天的彩妆，慢慢回归了一身红装。南归的大雁从高远的天际变换着队形散落在收获后的田野，做最后的粮食补给，羊群点缀其间，共享秋阳的灿烂。林网间有空灵的叩诊声传出，那是啄木鸟不管不顾一下一下的敲击，平添田野的静谧。野鸭子在开阔的水面表演花样游泳，扎了猛子逮小鱼，一旦得手，平贴着水面便快速地离开了，这样的好身手，只能用矫健来表达。家养的白鹅端着高贵的架子，梳理凫水后的羽翅，家养的麻鸭有着良好的修养，排着队、挨着个下水找食丰富的食物。斑鸠与布谷鸟大肆进发葵花地，那几乎是它们唯一可以搬运得动的食品。除了盘旋的老鹰，它们谁都不怕。

小镇四周的空地铺满彩条布，里面的内容就是秋的诠释，南瓜子、葵瓜子、油葵子、打瓜子争相登场，晾晒、扬净、装袋、运走。这里只能用辽阔来书写，辽阔的大田，辽阔的晒场，堆积如山的瓜子。

当你吃果仁蛋糕时，那一枚胖胖的南瓜子就来自这里；当你品尝葵仁饼干时，那一枚香香的葵仁就来自这里；当你对甘草西瓜子、椒盐西瓜子、奶油西瓜子爱不释手时，这一枚枚香甜就来自这里，色香味堆积的地方。

这就是秋天，永远洋溢着清新淡雅的甜，这甜就是故乡的味道。

看，缤纷染醉田野秋！

仲秋的田野静谧恬静，那是秋风的盛装出行，裹挟了色彩缤纷向人们走来。

广袤的田野用纵横交错的防护林来衬托她博大的胸怀，灰杨、苦杨、银白杨、青杨、黑杨以及白杨站立着、守护着田野的丰美。那嬗变的秋阳，涂抹着、描绘着绿色的渐变，黄色被秋风隆重推出，一树的金黄，一地的秋叶，诉说着成熟季节的来临。秋水潺流，载了落英缓缓前行，那是生命的行进，田野里的甜菜还在汩汩地牛饮，它想把田野里的翠绿张扬扩张放大。芦苇荡里开满芦花，一摇一摆荡漾着温暖，沙枣树遒劲地书写着果实累累，这田野的固有丰碑展示着今天的饱满。红柳树，虬髯般的枝条招呼着秋风的梳理，再一次把美丽奉献给田野。苍老的老柳树，依然柔美地上演着风扶柳的娇媚。

这秋风呼唤的千姿百态同样在田野深处的营区释放，挺拔的云松用青翠傲视芸芸众生，火红的秋叶只想点燃火红的秋天，黄菊依然吐蕊芬芳，千瓣菊油画般肃穆，紫花荷兰豆油亮得发紫，爆发出多姿的身形攀爬向上。苋菜则把整个紫色铺张开来，昭示着生命的顽强，特有的杂木灌丛捧出一树的红果果，也酸甜，也喜庆。一草一树一花一果，向上向上，只想把生命的积蓄一并送给秋的田野。

田野的秋，散漫安逸，只把这夺目的色彩渲染，只把这醉人的缤纷享受。

看，穿行秋日芬芳！

晴天，微风，气温不温不火、不寒不凉。这是一个适宜穿行在大地，呼吸秋日芬芳的好天气。

风传，今年庄稼好，到底是要去看看的，好的话，好在哪里呢？

沿途行道树还是绿色的，间或有极个别的叶片跳出黄或者红的俏色来，将绿色叶片衬托得越发油绿。沙枣果实由青涩向着黄绿色渐变，就连路边的秋草也多姿多彩起来，秋天当真来了。

地里的高秆庄稼伟岸地站立，那是矫健的个体排成方阵，形成一个集合体，果然有了庄稼长得好的气势。

瓜类作物就这样在田地间平铺开来，瓜秧已经完成历史使命，就像要衬托瓜的形象与色彩般，自动萎缩后，无限接近土地本真的颜色，视觉上就像用一块大的衬布托举着秋天的色彩。墨绿色的是打瓜，金红色的是南瓜，孩儿枕般发射着宋瓷光芒的是长形的籽用葫芦，它们集体在田地里挤挤闹闹地晒着暖暖的秋阳。

地里劳作的人点缀在大田深处。堆积在道路上的，只有花芸豆的豆荚外壳，花芸豆也许早就卖掉了，这些豆壳还没有时间拉回家。

今年的花芸豆价格不错，产量也很厉害，亩产上二百公斤的人家很多，众人有着皆大欢喜般的喜悦。

种南瓜的种植户则说花芸豆还是干不过南瓜，今年庄稼都好，又不光是花芸豆好，打瓜和南瓜要是下来了，要比花芸豆更赚钱。

这个是要分两下里说了，花芸豆的价格多年以来一直不理想，产量也过于一般，今年碰到了价格和产量都挺好的年景，就让花芸豆种植户喜悦一下不为过。

闲散劳动力在花芸豆地里捡拾着遗漏的豆荚和豆子，今年，就连这个捡拾也是喜悦充盈的。多少人，早上捡一口袋回家，下午再捡一口袋回家，种植户与拾秋的各有各的喜悦，这喜悦一律来自庄稼的丰收。

透过满是庄稼的地块，隔三岔五也有翻犁好的地块在平静安详地晒着太阳，它们属于已经收获过的小麦地块。也许，明年，这些早早就完成收获的地块会改种成南瓜，用秋天的金黄替代今年夏天的金黄。

遍寻不见的是油葵地，往年总有低下葵花盘子的油葵地，或者将葵花盘子割下来再在葵花秆子上晾晒的情形。今年，此情此景不见了，这个一点也不奇怪，哈萨克斯坦的油葵到岸价格远远低于本地的收购价格，就连冷榨好的葵花油也有来往的贸易，不再种植油葵是一种明智的选择。

甜菜还在享受着秋阳的轻抚，就连秋水也通过滴灌，一点一滴地输送进它们的体内，甜菜的叶片肥厚中保留着夏天的色彩。糖业不景气，甜菜种植也在萎缩，幸好还有这零星的绿色点缀金色的秋天，让秋天的色彩饱满丰富起来。

进入农户的晾晒场，黑色的打瓜子已经开始湿漉漉地接受晾晒了，它们的色彩纷繁复杂。黑色的打瓜子是当然的主角，没有机会成熟的嫩白的瓜子星星点点忝列其间，绿色的瓜皮碎也侥幸混杂进来。这一场晾晒，最起码需要五个好天气才能完成，然后用清粮机将黑色的打瓜子干净利索地装袋子，卖掉。至于瓜皮碎和白色的瓜子，它们是牛和羊都适口的好饲料。

进来农户庭院，最抢眼的是秋霜不来舞姿红的李子树，通体散发着红色的芬芳。

苹果红了，挂满枝头，有着富足的派头；秋海棠熟了，满树的喜悦，多么喜庆的色彩，从枝头将芬芳一直播撒开来。

树下是一群群大白鹅、火鸡、珍珠鸡、老母鸡、大公鸡的吵闹声，它们纯粹属于鸡说鸭讲，各说各的。它们在秋天有更多的食物可以选择，所以话多也就在所难免了。

菜园子里的蔬菜还好没有初霜的光顾，该生长的照常生长，该成熟的照常成熟，辣椒是辣椒的气息，西红柿是西红柿的味道，叶菜类、茄果类散发着自身的芬芳，将整个秋天的空气挤满。

将整个秋天空气填满的，其实是：今年庄稼都好。这是秋日芬芳传递出来的信息，这平静而喧闹的秋天就这样穿行而来，农人一年的劳作算是有了一个好的回报。

多好。

看，大田安静！

接近十月底的大田空荡荡的，没有人干活，没有机车走过，只有羊群偶尔会来采食，十月底的大田已经提前有了冬雪封门的安静。

谷子地里布下了秸秆捆子迷魂阵，这是才收获谷子后秸秆打成的捆子，如果没人要的话，种植户就先自己备下，等着下雪了，养殖户自然会上门掏钱购买。

当然，也有不同的说法。有的说谷子秸秆不适合牛羊吃，牛羊挑食，只有马和骆驼喜欢吃。所以，说这个话的职工就没有积攒谷子秸秆，他以40元一亩的价格卖给了收草的人，他好用这40元钱的收入应付一阵着急的支出项。

今年的谷子，谷穗不管是谦虚地低下了头，还是因为结的籽实太过饱满笑弯了腰，反正是倒伏了，而且倒伏得挺严重的，以至于热爱捡秋的人们很容易就可以捡到又长又大的谷穗。总之，现在地里的谷穗属于质优量大。

花芸豆的地里也有秸秆捆子就地等待拉运，花芸豆的收获算是干净的，地里也有零星的豆荚和豆子颗粒，真心要捡拾的话，也会有惊喜。

还有动作慢的地块，花芸豆还在地里晒着秋天的太阳，吹着已经有了寒意的凉风。去年的花芸豆，八月底就在地里卖掉了，今年已经十月底了，花芸豆还没有收回家，这简直差了一个季节。

麦茬地里麦茬子还在，有跌落的小麦粒已经自觉长成了秋天的麦苗。今年的秋翻地有，很少，大多数地块都保持了庄稼收获后的原始风貌。小茴香收获了，留下硬茬，又再发了一批小茴香嫩芽子，给秋天裸露的地块一种绿色复苏的感觉。也有小茴香种植户说地太硬了，犁地犁不动，就这样放下了。

按说，好多地块早就闲了下来，在连队忙着清扬瓜子的人家已经没几家了，地里反正就是不见人，白色的残膜和黑色的残膜都等着人去捡拾。但见满眼的残膜飞舞，不见下地的人儿。

看，杜班长！

杜班长是 1995 年到五连落户的四川籍新职工。说是新职工，还有两年他就要退休了，他在五连入的党，还当上了班长，他对兵团精神的理解就是能吃苦，会想办法就是兵团精神。他对他自己的生活很满意，对来这里定居很得意，觉着来这里来对了。

1995 年，杜班长还是当得起"小杜"这个称谓的，以至于，现在干部职工见了他还是喊他"小杜"。他是 1995 年政策性移民到五连的二十六户人家中，唯一一家留了下来没有走的。他不后悔留在这里，反而认定正是因为自己留在这里，才把三个儿子拉扯大，让他们各自有了一个好的前程。

刚来五连，地多，人少，他跟着老职工屁股后面学习浇水。这里是灌溉农业，浇水是一个技术活，第一年他种了三百多亩麦子地，也打了七百多斤。

那时候还没有滴灌，都是漫灌，他的班长就教他要学会分配。他的班长姓王，是复员军人出身。王班长让他统一布局，浇水就像布兵一样，多开口子，开了口子还要用大石头挡一下，这样多处开口子，浇得快。至今杜班长还感谢王班长教给他的这个好方法，他认为王班长能吃苦，还会想办法，这就是兵团精神。

他决心要在五连干出一点名堂，他两口子是五连有名的能吃苦的人，他们还在二级电站那里开了生荒地，种植三道眉，骑着自行车带着馍馍和开水，一天都在地里收葵花，然后再用自行车把葵花籽驮回来。他的三道眉产量、价格都不错，他认定能赚到钱。

2016 年，见到杜班长的南瓜地。这是一块不长荒草的地，他一个人还在地里搜寻落网的没有拔掉的草。

苦，他吃得，想办法，他也有一套。五年前他就不买种子了，他种的种子都是自己的产品，他有创新与实践的精神，自己选择籽用葫芦和裸仁南瓜试种，然后留种。这样操作，五年过来，着实省下了几十万元的种子钱。

卖种子的，都是一个桶装400克的种子，这样一桶就要卖到160元钱起步，机播的话，亩播种量是700克到800克，这样一算，一亩地的种子钱就要上300元，杜班长愣是把这个钱给省了下来。

每年冬季有推广种子的上门，他前面还要求着人家留下一桶400克种子，免费试种一下。后来，是放种子的直接赠送给他，让他去试种。

他算好这个账，400克种子人工点种，刚好是一亩的用量。为了保证产出，他就把种子点在同类地块的地边靠里面一点，这样可以做到不挑地，水肥一样。就是收瓜的时候，要单独脱瓜，每次试种的新种子都会有180公斤的产量，也就是两袋子的量。他把这两袋子留下，再精挑细选，就是来年的种子。

他这样循环往复，每年都能省出来五六万元的种子钱，他自己育种一直顺利，没有比别人买的种子产量差。花芸豆也是如此，他自己选种。从种子这一方面着手想办法省钱，他办到了。

他很满意自己的做法，也很满意儿子们现在的工作生活状态。大儿子在乌鲁木齐开的门面，卖照相器材；二儿子在八钢工作，在乌鲁木齐买了一百多平方米的房子，每年秋忙，就请了年假回来帮忙；三儿子在伊犁教高中，在市区买的房子也是一百多平方米。

他还有两年就要退休了，他能吃苦，还会想办法，所以过得不错。

看，风从寒处来！

一场充满寒意的风从半夜起势，一刮延绵不断。秋叶还留着绿意，秋果正渗透甜蜜，一场疾风的到来，整个世界换了幕布，正在上演一场秋意缠绵之后的跌宕起伏。

简易房内，有暖气环绕，可以阻挡寒气的进攻。但铁皮屋顶完全暴露在寒风中，铁皮松动处，总有风钻进去闹腾一会儿，那是一个声音的撬动，带着铁皮尖利的嘶吼，再被风撕碎在黑色的夜空里。

侥幸逃过绿化剪的绿篱的一枝，总有高出绿篱一大截的优越感，这样一枝细条布满榆树叶，在围栏边，来回擦拭围栏的白色油漆。

窗前的红柳，细瘦的枝条，细碎的针叶，用浅淡的橙色点亮草地的一角，一丛寒风梳理过的红柳，已经可以让风更快地走过，仿佛穿过任何铁栏杆那样横冲直撞。

今年新生的杨树，已经是夹杂绿色和黄色叶片的集合体，宽大的叶片像极了手掌，风中相互挤挤挨挨，前一秒相聚，后一秒离散，一场寒风的撮合，真是应了古代劳动人民的智慧，房前屋后不宜栽植鬼杨树。这叶片与叶片的撞击声，在夜里更加清晰、更加响亮，在简易房的窗前，可观、可赏、可听，多少有了寒意浸骨的感觉。恍惚间，简易房有了独自飘摇的动感。

这边路上的樟子松整体摇摆着，像极了喝多了酒的醉汉，倒是未倒，总归是要晃动两下，算是给这场疾风一个小小的面子。

路边的鸡树条被修剪成球形，叶片的红色是前几场风的照拂，渐变的红色来映衬更加红的果实。这样一个立体的球体，很圆滑地把风挡一下，再把风甩出去老远，保持着自己的姿态，就像这场风没有来过一样平静。

挂在铁栏杆上的红色横幅，用满身的吸力牢牢贴合着铁栏杆，一张横幅用力地兜着风，生怕风逃跑似的，严防死守。那剩下的风，便知趣地顺着铁栏杆的缝隙继续前行。

挂在铁栏杆上的意见箱什么时候打开了小门，盛满夜的昏暗，盛满路灯的昏黄，还盛满一场压缩的风。意见箱的小门，把空荡荡的意见箱完全暴露在风中。开门的无形的手，很显然，就是这场大风。它前一秒打开小门，后一秒再把它关闭。意见箱像极了老早以前出来报时的猫头鹰闹钟，自动打开小门，再自动关闭。

那些自西边来的落叶，无视门禁起降杆的存在，沿着宽大的缝隙，一个跟头接着一个跟头就翻进来了，顺着路沿石前进的方向，一往无前地去向风可以到达的任何地方。

简易房里有暖气，挡不住风从寒处来的事实，要知道，这才是一个漫长季节就要开始的预告。

看，跟着记忆的脚步走！

脚步是有记忆的，有时候心里想着去看哪一块地，双脚不自觉就走向了它熟悉的、曾经走过多遍的机耕道和大田。

已近十月底的大田，去年此时，已经有了雪花的照拂，整个大田，少了一分干燥，多了一分湿润。

走过一片茴香地，忽然想起来，去年除草的一帮短工，在这块地里快速地使着锄头。他们的精神面貌积极向上，一人跟着两道膜，说着笑着就干到了地头。

这家的地邻是一个较大的养殖户，他把羊群赶到某团四连去放牧了，某团四连正是高速公路附近的好牧场。他去年种的籽用葫芦，地里拔草，他用1200元的工钱包出去了，他不管雇工干得慢还是快，他的标准是验收后付款。

在他地块的东边，是这个连队最早引进南瓜种植项目的人，去年他的南瓜叶片出现了锈色的斑点，他立刻警觉起来，于是到地邻地里进行比对，他的认真劲至今还记得。据说，他家是全连最勤快的人家，每天天不亮就下地了，他家治草，也从来不雇工，都是两口子早早来就把地里的草拔了，换句话说，就是没有给杂草生长的时间和机会。

今年，这几块大田都是裸露的原始风貌，小茴香地干硬，地表是已收割后的作物硬茬，还有新生的小茴香，绿色中带着浅黄。那块没杂草的南瓜地，今年的南瓜已经收获了，地里残留着打过瓜的痕迹，同样是一块没有进行秋翻的地。

往前去，是一群男男女女雇工混合补种与放苗的，还记得他们吃午饭，路过地头时，对我们热情相邀。其中一个年轻女孩还在打听前一天和她嬉闹的那个小伙子到哪里去了，看来昨天的嬉闹是一个她比较想记住的一件事。

再往前去，是白鹭和野鸭子起飞的地方，那里有大片的红柳林，还有飞行半径在4公里的蜂群，它们嗡嗡嗡地叫唤个不停。返回来，是一块不多见的间苗地块。去年早春，南瓜出苗正逢阴雨低温天，很多南瓜种子直接憋死在地里了，很多人家都是补种。这块地与众不同，他是花钱间苗，这就稀罕了。他雇请了一帮河南老乡干活，老乡们年龄偏大，大多数是新手，他还是比较关照他们的。

跟着记忆的脚步走，很容易就能在脑海里闪现出这块地是谁的，去年种的什么，什么时间从这里走过，当时和这个地里的人都说了些什么，他们有什么想法、说法。不用刻意搜索，只要看到这块地，大致都能想起来一点记忆比较深刻的东西。

毕竟在五连待过156天，熟悉的场景比较多，那就让有记忆的脚步再加快，把兴东屯的路走上九遍，多了解这个连队吧。

看，谷子谦虚地低下了头！

今年五连种的谷子现在正处交售期，但谜底已经揭晓，这一次的试种只能说明，在团场种植业的纪录上有这么一回事。

谷子在团场初建是有零星种植的。1966年，爸妈来此建设边疆，他们记得，那时捡了谷穗，回家捣一捣、搓一搓，煮上一碗小米稀饭吃吃的场景。那时候，爸爸在北屯二场指挥部基建股工作，妈妈在八连当职工，爸爸会从指挥部所在地五连步行回八连的家，顺便捡一点谷穗，调剂一下生活，拉近家乡的味道。

几十年来，团场种植业，再也没有谷子种植的记录。2016年，在五连观察生产生活，听到有作物结构调整的好几种想法，其中就有要种植谷子的计划。这个计划，最终在2016年12月5日的职工会议上被提上议程，登记有种植意愿的职工名字，大约就是趁着农闲，好把这样一个事情落实下来，也算是一个可行性的摸底。

开了春，到了2017年4月28日，天气已经暖和起来了，一辆装满有机肥的大车在四连、五连卸着肥料。

五连的办公室是新装修的，雪白的墙面，在职工拉运完后还有剩余房间，就这样把西头那间有着农家书屋牌子的房子，用来安置这有机肥。

职工的种植热情挺高的，这样的热情主要来自去年的种植业不景气，亏损的人家比较多。有机谷子的种植比较能征服种植户的是，很多生产资料是可以赊欠的，这样不用自己掏钱购买生产资料。这样的政策利好，最终有409.48亩谷子的种植计划落地。连长潇洒地掏出皮夹子给两位维吾尔族大车司机支付了运费，谷子种植计划落地后，连长出力，垫钱一直到送谷子交售。

一直也没有机会观摩谷子的播种，时间过得飞快，说的是这谷子有120天的成熟期。到了7月30日，专程去看谷子，谷子已经长得和一个成年人一样高了，谷子是狗尾巴草的近亲,外形和狗尾巴草相像。谷子地伴生的有稗子草。一直说这一块七斗谷子地长得最好,谷穗尺把长,谷子结得密实,这样的长势,怎么着也要上单产400公斤。种植户也很喜悦,大热的天在谷子地里撅着屁股拔草,或者把即将成熟的稗子揩下来,以免收获的时候稗子混合到谷子里,影响谷子总体的形象。

后来,一场接着一场的风把长得好的谷子吹倒了一大片;再后来听说,收割机需要改造才能收获,这一拖就到了10月7日才开始在第一块地收割。

10月2日,带着行娃子去地里长见识,她的语文课知识水平正处于"稻谷笑弯了腰,谷子谦虚地低下了头,谷穗害羞地低下了头"这样的好词好句的阶段。到了谷子地,行娃子拿着谷穗和狗尾巴草做了对比试验:什么谦虚地低下了头,还不是谷穗太重的缘故。行娃子已经可以得出自己的经验论了。

10月21日,在五连住,先问住宿,答曰,连长去呼图壁送谷子去了,可以暂时占用其床铺一晚上。算了,原本是要住一旬的,这样时间错不开,连长随时都有可能胜利完成交售谷子的任务回来。原来说好的是25号,连长凯旋,26号的消息却是去几个谷子种植户到呼图壁,收购方有心加大扣杂的数量,连长需要种植户自己当家做主。

其间,一直听说谷子倒伏严重,很多谷穗收不上来,去地里一看,触目惊心。赶紧写一个小广告,小广告原文如下:招募捡拾谷穗体验师,从8岁到88岁,身体健康,腿脚利索者均可。完成任务:免费进地,现场培训,捡到的谷穗可免费带走一半。备注:这是有机谷子,全程无公害,欢迎公司、学校来拓展训练。

27号,在谷子地见到了他们两口子,从中午1点奋战到下午5点,总共捡了四袋子谷穗。他表示,电瓶三轮车没电了,需要帮助,于是给他的收获一个助力,他和他捡拾的谷穗欢快地回到他家门前的路面上。他想借助汽车轮子的力量来碾压,起到一个脱粒和脱壳的效果。

当然了,连队已经有多家这样干了,最多的一家已经捡拾了1.5吨谷粒。还有一个谷子种植户,因为清扬瓜子,一直没顾得上去地里复收,前面他还捡了两袋子谷穗摆在地里,表示这是要复收的地块,意思是别人见了就不来捡便宜了。他的想法太过曲折,路人没看懂,等他有时间去复收的时候,那两袋子谷穗已经不见了。

看，捡个秋天抱回家！

秋天是慷慨的，它的饱满圆润及大大方方在各色作物占据的条田一一上演。捡个秋天抱回家，就算作秋收的意外惊喜吧。

秋意渐浓，从作物的收获期就可以判断出来，大田首先收获的是春小麦，也许是由于品种的不断升级，或者是气候变暖的影响，更或者是耕作技术的提高，现在小麦的收割期较之三十年前，大约提前了二十天。那时候收小麦，仿佛就是要专门赶在秋季开学这个时间点，故意不想让暑假期间的孩子们去麦收后的地里狂欢。

麦香是一种可以穿透空气的气味，在收割机横扫麦田时，那充满麦草清香的、成熟的味道就四下里散布开来，拾麦穗的人群便开始相约下地，把遗落在麦垄之间的麦穗一一捡拾。那可是粮食啊，对于任何人都至关重要的粮食。

看管麦田的年轻人，会骑着高头大马，善意地驱赶着人群，让人们集中到已复收的地块去拾麦穗。三十年前的拾麦穗是一种集体作业，娱乐兼劳作，快乐指数显然是很高的。

现如今，拾麦穗的人群几乎消失了，现在的收割机收得比较干净，没有多少遗落的麦穗可提供。原来捡麦穗的主力军是小学生，现在的小学生宁愿在自家宅着，也不愿意结伴去地里拾麦穗。拾麦穗已经是这片土地保留在记忆里的画面了。

现在的拾秋，直接跳过拾麦穗这个环节，直奔捡拾花芸豆这个主题。花芸豆的成熟期恰好在秋季学生入学前后，它的收割不在机械收割范围内，全手工作业。很多人是先给地里浇上水，等花芸豆的根部比较松快之后，再徒手连根拔起来，归拢后，用小四轮车拉运，拉运结束，捡拾花芸豆的人群才可以进地里去捡拾。

花芸豆在收获期的浪费是惊人的，大约30亩地的花芸豆就有1亩的产量会被遗落下来，也就是说，捡拾花芸豆的人群可以在30亩地里捡拾两百公斤花芸豆回家。两百公斤的花芸豆散布在30亩花芸豆地里的任何地方，也许田边地角就孤零零站立着一株完整的花芸豆；也许是叉子未到之处侥幸逃脱的豆荚；也许是在小四轮一摇三晃中不经意掉下来的那些藤蔓，上面总会缀着三两个豆荚；也有车轮行走时，碰触的豆荚，炸裂开来，显出一小窝花芸豆，它们就躺在那土窝里，十几二十个地凑热闹挤暖和；也有野草掩护下的花芸豆，如果你发现了，摘下这饱含绿意的豆荚，剥豆下锅煮粥是再好不过的了。

　　油葵是比较好侍弄的作物，整个生长期，浇上五到六次水，它就成熟了。成熟之后，不必一个个把葵花饼子砍下来，现在的收割机很会收油葵，而且浪费也不大。当然也有遗漏的，就是那些低调存在的，要么低下身子，要么故意长在收割机视线不及之处，等收割机热热闹闹地离开了，拾秋的人们会进地里找寻。找寻是一种饱含期望的行为，那些尚未进入最后成熟期的葵花饼子籽实紧凑，你大可以捡起来，用镰刀的刀背把籽实敲进编织袋中；那些前期倒伏的、生来矮身材的，还执着地顶着葵花盘子，兀自等待收割，这时候，你便可以刀起盘落地取了来，放在随身携带的编织袋内。食用葵花地、玉米地，是同样的道理，都需要一把传统的镰刀出力，不一会儿，编织袋就有丰厚的收获。

　　捡拾来的秋作物都带着秋天美好的气息。那花芸豆，胖嘟嘟地穿着色彩斑斓的彩衣，煮粥来吃方便快捷；过年时，因为它，可以享用纯正的豆沙包。油葵是油料作物，把籽粒干净的油葵拿到榨油坊去，两公斤半就可以榨取一公斤纯正的葵花油。这食用或送人都不发愁了，榨油的费用就用葵粕两下里抵消了吧。葵花籽是个好东西，煮来吃，炒来吃，是过冬及过年必备的干果。玉米，就拿到磨面作坊去吧，那里可以加工成玉米糁子和玉米面。早餐喝一碗玉米糁子粥，或者玉米面糊糊，可以真实地品尝出粮食清香的味道。

　　如果说秋收是秋天的主旋律，那么拾秋就是它的伴奏声部了，捡个秋天抱回家也不失为一种曼妙的生活乐趣了。

看，近处有风景！

喀纳斯在西，神钟山在东，我在它们地理坐标的中间点。喀纳斯的神秘、神钟山的传说，停留在他人的游记中，我的近处有风景。

立秋之后，还有一伏，秋色，就在这微风徐吹、阳光灿烂，天蓝蓝、云白白的美好状态下，向人们走来。

秋天是一个不小心打翻了的调色盘，路旁的庄稼地里，小麦已经十成熟了，它的金色由浅向深过渡，康拜因高调吐出来的麦粒，借了阳光，嵌了白色光芒，真实的金黄色在跳动。打成四方块的麦草集合体，是一根根金色组成的更强有力的金色色块，强化着金色的厚重与稳妥。

金色，还是金色，饱含新鲜水汽的向日葵花，向着东面半仰着脸，骄傲地晒着太阳。绿色已经被这小脸遮蔽，与人们视线平行的是一朵一朵向日葵花编织的花海，属于这片土地最耀眼的花海，可以勾住所有人的眼球。

太阳洒落下来的光线在行道树的叶片上摔碎，或密或疏的叶片将摔碎的光斑遗落在树荫下。一种可以降温的绿色，由阳光斑斑驳驳地点缀，绿色宽厚无限地在路上蔓延开来。

绿色，依然是大田里的主色系，肥厚的甜菜叶片生怕无处伸展，挤挤闹闹地覆盖了整个大田；黑色的滴灌带只好作隐身状，默默地将渠水一点一滴地输送进它们的根部。玉米有着玉树临风的天生样态，它大可以高调地站立，让绿色形成一堵墙，一堵结结实实、绿色的墙。打瓜就比较妩媚了，半成熟的打瓜，纯绿色打底，轻描淡写地将黑色花纹烘托出来，绿是正绿，黑是纯黑，至于瓜的藤蔓，则是灰绿色的，浅浅衬托着圆头圆脑的小家伙们。

南瓜地里的色彩耀眼夺目。宽厚的叶片持续了盛夏赋予的绿色，遗存了荷叶田田的良好风范，零星开着的花朵，在浅黄与橘黄之间游走。至于成形的瓜，颜色复杂，必须伸出十个手指头来数才能数得清，浅湖色、灰白色，全部黄色到橘红色直至金红色。当然也有比较潮的瓜类，穿上豹纹，点亮这一水的秋色。

第二茬的苜蓿草必须要收割了。先把它们放倒，让它们在地里躺上几天，将体内的水分送给大气循环，剩下浓缩而干脆的绿色就可以归队自家的草料堆了；然后再漫灌一遍苜蓿地，让第三茬的苜蓿有再次勃发的理由，至于能不能在接下来的日子里开出紫色或白色的苜蓿花，已经不那么重要了。到时候，让自家的牛羊充当割草机即可，它们遗落些牛粪和羊屎蛋，还可以肥田，来年苜蓿还会重发，让它在水肥的作用下，将体内孕育的绿色唤醒。

收割过后的麦田是牛羊撒欢的圣地。生活在农区的牛羊，一直眼馋各种农作物的绿色多汁，但，更顾忌牧羊人的鞭子高扬。它们总算有一大块可以自由散漫采食的地方，而且是新鲜的有着粮食清香的麦地，其活动场所瞬间变得广阔起来。与牛羊一起来的还有成群的野鸭子，那一不小心落在地面上的麦粒，还是比较易于发现的，吃饱肚子，对可爱的飞禽走兽来说是一件重要而愉快的事。

坑塘水面是平静的，里面养着的是一汪漂亮的秋水，偶有水花在翻动，是秋肥类的冷水鱼在长个子。长脚的鹭鸶身形曼妙，白色的羽翅在低空拍打着，总想找准机会在水边打捞一些可以食用的东西，草籽也行、草茎也罢，要是有游走在水边的秋虫，那就再好不过了。

忙碌的人群和所有的机车一样开足马力，都想在收获的倒计时来临之际，再在地里出一把力。小麦陆续在收割，打草的工作持续，日常滴水、滴肥不能马虎，防病的事还要放在心上，作物和人一样，给它吃好、喝好，然后再防着点，一般不会得太重的病。至于从春季就开始用的季节工暂时放一放，此时属于用工淡季。再过一个月，季节工便像抢占山头一般涌进地头，收获还要靠他们出力呢。

这就是农牧兼备一隅常见的秋天，一个五色杂陈的秋天，一个农作物持续生长的秋天，一个牛羊觅食的秋天，当然，还有奔波其间的人们，他们生活的赌注已经下到这片土地里面了。

看，九月的沙枣花！

九月的沙枣花开了，开在清秋的晨光里，开在大田的臂弯里，开在秋熟的季节里。

九月的沙枣树正是枝繁叶茂、果实满布的富足景象，一缕不经意的花香，随着秋风漫不经心地走来，这是一场怎样的时间差？

今年的夏季漫长兼具酷热，立秋后的天气，接过暑热的温度计，保持一个高温的状态。

秋天的风，柔和细腻，秋天的气温让人有了入夏的错觉。一树繁华的沙枣树伸出所有的枝条，把老气横秋的叶片打开，把色彩缤纷的沙枣果实吹熟。

藏在这浓密深处的，恰是今年秋天新发的沙枣花。

枣红色的枝条上，自觉伸出一柄嫩枝，把新发的树叶安排妥当，就插花般把才冒头的小花骨朵点缀其间。

这小小的花骨朵是蜜源所在，它释放的信号强烈，迎来采集沙枣花蜜的小蜜蜂再一次酿造沙枣花蜜。

沙枣花在向阳的枝头占领一席之地，高举着的花朵外形像极了鹅黄色的酒盅，浅浅的黄色为底，分布些银白色的鳞片。那吐出的花蕊，和正在采蜜的小蜜蜂是一个颜色，黄色渐变棕色，最顶端接近褐色。

沙枣花的朵形是低调的，沙枣花的色泽是潜行的，唯有这花香，有了轰轰烈烈的行迹。还是芽孢期，那按捺不住的香气，就有小蜜蜂缠绵缱绻地萦绕；到了花骨朵的模样，花儿还没有全部打开，沙枣花的香馥就经了秋风的一再推送，一波强过一波，把整个秋天的空气染香。

当三五枝嫩茎上的沙枣花全部打开，沙枣花香持续释放，一个用嗅觉品尝的秋天自觉奔涌而来。

沙枣花的香型具有涂抹功能，空气中秋草的清香味，庄稼的成熟味，只需沙枣花随意播撒一丝一缕花香，空气中其他的味道就黯然退场。

只有沙枣花香决定着空气的香味走向，这大约是沙枣花最高调的时刻了。所有的粉蝶和蜜蜂，宠溺着沙枣花的细小与柔弱，这酒盅般的花朵，藏着多少甜蜜，粉蝶知道，蜜蜂也知道。

九月的沙枣花开了，开得那么从容；九月的沙枣花开了，开得那么张扬；九月的沙枣花开了，开得那么义无反顾。一如沙枣树的慷慨捧出，总有惊喜在正前方等着你。

看，苦豆子苦！

　　进入八月，曾经开满雪青色花序的苦豆子变得老气横秋起来，细长的、灰色的豆荚满满扎扎地结满细枝细茎，连片的苦豆子占据了田边地头所有能铺张的位置。它们是整个八月最先爆出成熟信息的可利用资源，它们的身后会有各种勤劳的身影在拉长。用苦豆子的药用价值缓解一下生活的不容易。

　　八月是收获苦豆子的旺盛期，此时的苦豆子陆续成熟，成熟一批就采摘一批，重复劳动贯穿整个八月。

　　虽说苦豆子全草入药，但人们也只是采摘它成熟的籽实罢了，就是这样一个可利用野生资源，也是前年到去年慢慢有了收购商。这是才兴起来的一个赚钱路子。

　　去年就在一些院墙上看到收购苦豆子的小广告，终不知道这苦豆子究竟长什么样，有什么用。

　　按照采摘苦豆子豆荚的人的说法就是，苦豆子有用，能卖钱。具体到终极用途他们也不知道，只是知道这样用剪刀一束一束地剪了豆荚，便可以卖到一块多钱一公斤的价位。这样的劳作，年龄大些的劳动力也能干，闲来无事的人也可以干，算是一桩轻巧的活路，一笔意外来财。

　　那些初级收购商不把这看作轻巧活，更不会看作意外来财，他们把收来的苦豆子侍弄得周到细致。他们是把这个活路当作自己的饭碗来端的，干起活来不惜力，没有抱怨也没有喜悦，只是把劳作当成一种换取生活费的手段。

　　晾晒苦豆子是需要追赶太阳，他们在空地上摊开收购来的苦豆子豆荚，让大太阳在豆荚上反复烘烤，苦豆子籽实变得坚韧无比，豆荚则变得干脆利索。他们用最原始的捶打方式给豆荚脱粒，然后将空壳扬出来，大致的扬场已经很是费尽心思了。

要在有大太阳的日子里快速地一批一批地接茬干，只有通过量产才能达到一个预定的目标值，一个养家糊口所需的钱数。

　　这是一个家庭作坊式的生产模式，青年男子负责大面积的脱粒分离，青年女子则对着一台台式风扇进行精细化的扬场，保证隐藏在粉末里的苦豆子能用自重与那些没用的粉末分离。

　　年纪偏大的男子就是将粉末转移出去的人，他会拿口袋把这些新产生的垃圾背到停靠在一旁的三轮车上，年纪偏大的妇女则对基本成品的苦豆子进行验货般的整理。

　　孩子们则在一旁自顾自地玩耍，他们也知道苦豆子能卖钱。

　　大太阳的天气，空气是凝固的，是与人的体表温度对等的气温，炎热得使人不愿意多动弹一下。

　　女人的头巾上灰蒙蒙的色调是新附着的粉尘，天气实在太热了，同样灰蒙蒙的口罩就挂在脖子里，任意让粉尘进出呼吸道，因为戴着口罩会有窒息的感觉。

　　空气里的苦味并没有因为静无风而有所收敛，那些苦豆子豆荚暴晒过后的热辣苦味，轻佻地游走在静止的空气中，它们带着锐利的尖刺扎向人的鼻腔、裸露的皮肤，汗味裹了苦味在皮肤表层来一个热敷，整个人从里往外散发着苦味。

　　远离作业区，在废弃的渠道旁，这些粉状物被抛弃在此，点一把火，苦味升腾。

　　这就是生活，生活有了苦豆子开花的妖艳，也有侍弄苦豆子的艰辛，更有延绵无尽的劳作等着天下的苦人儿去奋斗，用身上那一把力气换取一碗端端正正的饭吃。

看，连片的瓜子山！

枕着鸡叫声再接着睡，连队里的公鸡们起得早，一只大公鸡开始练嗓子，全体大公鸡跟上，此起彼伏，好不热闹。

早起，连队已经有清粮机在工作了，在连片的瓜子山的中间，一部接着一部的清粮机在轰叫。晨光里，有细碎的白色瓜子内膜干燥地飘舞，形成一个白色的气流，在清粮机的上方动感停留。

这一片区域，有多少人家，就停靠了多少瓜子山，或者停靠得更多些也未可知。瓜子山的造型还是有着细微差异的，有才刚完成灌袋还没有包裹彩条布的，也有包裹严实的瓜子山，或者正方形，或者长方形。还有就原始地堆着混合了瓜皮和瘪壳的瓜子山，等待清粮机的到来。

去麦场上，地面上摊晒的是瓜子，袋子里装的是瓜子，清粮机清扬的还是瓜子，有大小不一、形状各异的瓜子山，在晒场上当仁不让地盘踞。瓜子山这样的逗留，一般都会伴随着主人们的二十四小时值守。

连队营区情况也差不多，很多人家门里门外都堆着瓜子山，这是怎么了？不是说，今年的产量还可以，价格也还行，为什么成交的总是这么少？收获的瓜子大部分都还处于待售阶段。

也有好消息，一家农户的裸仁南瓜子以14.5元的价格售出了，产量也行，亩效益上了500元，这是一个每年都需要揣摩的事情。市场价格是多元的，有时候瓜子好，不一定能卖上一个好价钱，有时候卖早了是好事情，有时候中后期销售有惊喜。所以，各个阶段出货都有风险，一如春天选择种什么一样存在下赌注的一意孤行。

麦子的销售基本能拉平，谷子的种植虽然技术含量不高，好管理、好操作，物化成本不算高，但是运费不低，产量和价格一般，最终收入还不如南瓜子。

葵花籽的销售更不要提了，今年的葵花籽较往年种植多了好几倍，按说去年的葵花籽价格还是可以的。今年的天气有点反常，瓜子瘪壳的多，这先按下不说。瘪壳多，就意味着产量低。产量低就意味着要亏本，加之瓜子品相不好，籽实的大小饱满度千差万别，收购商5元的价格也报，2元的价格也报，农户只好把瓜子山堆在自家门前，等待最佳时机的来临。

空气中弥漫着瓜子的味道，还有销售难的发愁，还有各种款项要支付，只有孩童，可以在瓜子山上自由地起飞降落，或者在瓜子白色内膜铺满的地面上写下自己的名字，可以让童年的快乐去冲淡瓜子山一时的沉重。

看，林间有秋阳走过！

秋阳正好，一缕轻盈的光斑飘落在树梢的顶端，一缕耀眼的光斑布满树叶的脉络，一缕柔和的光斑被新生的小狗衔了，一路撒播在了林间的绿地上，整个林地便拥抱了秋天的全部。

去看一片退耕还林地，一块有着高大杨树、健硕柳树、挂果的沙枣树和枸杞树满布的林地。这里有曾经布局的排碱渠和农渠，它们依然按部就班地交错纵横，还有新建设的圈舍、柴灶，当然，这里还有林地生态系统。

这是一个相对封闭独立的空间，为了防止黄鼠狼钻进钻出，有密织的铁丝网片拦截成墙，一个345亩的独立空间就建立了。

林地的主人亲切地称黄鼠狼为老黄，老黄是林地饲养珍禽的最大天敌。主人硬性搬来山东老家的风俗习惯，还遵循不能打死老黄的古训，基本上任由老黄隔三岔五来叼小鸡。主人的理论很淳朴，现在圈舍都盖好了，老黄也逮不住小鸡了，这样就算是相安无事了。

小鸡还有来自天上的威胁，那就是悬停空中盘旋、伺机伸出利爪的老鹰。估计林地主人的老家对老鹰没有崇拜，于是他们制作了弹弓，由五十岁的女工作人员对着天空发射石子，震慑一下老鹰，或者用竹竿挑了红布条把老鹰吓走了事。

按说，这样规模的散养鸡场地，其实应该放养几只大白鹅来看家护院才是，它们的出现会让黄鼠狼搬家，老鹰绕行。

有点可惜的是，林地只养了一群体型较小的灰鹅。这样一群灰鹅有着贪玩的天性，在浇灌林地积攒下的一个泥水坑里，不知疲倦地来回振翅奔走在泥水间，搅动着林地的安静。

鸡舍内，芦花鸡、珍珠鸡、乌鸡自在觅食，一不留心，它们的头鸡厌烦了鸡舍的热闹，独自走了出来。这是一只两月龄的贵妃鸡，别看它只有一只成年人拳头大小的身体，它可是这群鸡的头头，它走在林地里气度不凡地觅食，眼里看不见身边的热闹。

鸡舍前是一只成年猫和几只满月的小狗在玩耍，你挠我一下，我推你一把，你打个滚，它摇摇尾巴，或者挤成一团，像极了幼儿园小朋友互相逗弄时的模样。

这么可爱的小家伙大约是四胞胎吧，它们是被林地主人以每只五元的价格买来的。

它们没有走丢的可能，它们很是黏人，会在鸡舍这个领地慢慢扩散自己的足迹，不像主人昨天才买的三只小山羊。原本打算等着过中秋节配上白胡椒，炖上一锅乳白色的羊肉汤，充当传统佳节的美味，现在三只小山羊不见了。主人在整个林地找了一遍也没找着，八成是铁丝网在前面排碱渠有一个可以钻出去的圆洞，三只小山羊还没有好好品尝林地的嫩草就这样轻烟般消失了。

他们刚接手这片林地的时候，一些看着失去水分的沙枣树叶子是卷曲的，原本他们是想就地砍掉这些树木。沙枣树的枝条是柔韧的，筋骨是结实的，随便弄几下，沙枣树是无感的，人却累得要命。转过几天，浇灌过的林地集体复苏，草长得比油绿还要让人心下喜欢，草地上的草绿得发亮，原来看着要死不活的沙枣树，现在充满了生命的昂扬，该开花便开花，该结果便结果，丝毫没有怠慢季节的意思。

就算秋天来了，林地依然乱播着季节的密码，春天、夏天、秋天一并收拢在一起，那肥嫩的蒲公英叶片摊开来，晒着懒洋洋的秋日暖阳，高举一朵小黄伞，侧面还插播一个会飞的蒲公英白色的绒球，有了合适的风力，它就会起飞降落，在林地找一个合适的栖息地做着繁衍后代的努力。

也是因为浇灌水的频率在加大和阳光充足，已经结满果实的沙枣树，那些不空闲的枝条还会再次吐蕊，将细细柔柔的沙枣花香一波一波地推送到林地的每一个角落。于是，整个林地便有了春末夏初的错觉。

秋草是斑斓的，有新发的浅绿，也有渐变的熟黄，还有熟透了的大红色；秋草的斑斓铺展开来，迎合着野菊花一丛一丛地开放。围绕野菊花的有那扇动翅膀的小蜜蜂、翩飞的小粉蝶和通体蓝色的蜻蜓，这可都是盛夏的标配啊。

蝴蝶带路，小花猫相伴，在林地摘一粒鲜翠欲滴的红色枸杞，或者挑一颗已有一包糖水的黑色透明的沙枣果实，看看现实版的"驴打滚"，再听听狗吠，这样的半日游逛，便有了秋高气爽和神清气爽双重的美好羁绊。

看，路过羊群或人群！

在秋天行进在通连公路上，你很容易路过一群羊或者一群人。

公路两旁的大田里，各有各的忙碌，少部分大田进入搂膜、收集滴灌带、翻犁的作业环节，这些工作算不得劳动密集型，眼睛快速扫过或者路过，画面感单一。

大多数地块有了外来务工人员的身影，他们在大多数地块从事摘瓜的工作，一桶纯净水，一大兜馍馍，一辆像挤满沙丁鱼的面包车是标配，到了地块，雇工一进入大田就找不见人了。大田的整个气场是能吞没所有生物的。

还是密集型比较有画面感，一群羊的出现是那么及时或者守时，放羊的男人、女人横穿几个地块，到指定的地块来放牧，理由无他，这是人家种地的说好的，说的是早一点把这块地蹚一遍。

这个蹚一遍的意思就是让羊群早点到长满大瓜小瓜的大田里，把瓜的藤蔓走一走、踩一踩、吃一吃，主人这才好安排人群进到地里摘瓜，好给瓜排个队。就像英伦的麦田怪圈，用作物的自身在大田里摆出个造型，队形也许好看，也许花哨，也许难看也未可知，能知道的只有羊只走过的地块，雇工摘瓜事半功倍。

走走停停，总有在通连公路疾步快走的羊群，这个是赶集或者赶火车的步伐，它们那么急匆匆是干吗呢？它们路过了一块又一块肥美的地块而不入，是想去更好的地方？

赶羊的小伙子鞭子扬得高高的，专门维持羊群的步速与纪律。它们集体赶往浴场，想在寒冷的冬天来临之前进行一场药浴。

药浴场等候排队的人群与羊群，各有各的地盘，就算还没有买澡票的羊只混了来，主人家也会眼尖地发现打了记号的羊只，让赶羊的小伙子从浴场举过矮墙。自己放的羊自己认识，干啥的就操啥心，要是一点辨识度也没有，那还了得，放的羊早就跟着别人的羊群跑光了。

药浴场只开放五天，这是头一天，有心的人总会早早排队给自己的羊只洗一个头汤。

当然，还亏得赶羊抓羊的三四个汉子好身手，这是长期和羊群打交道积累的经验。

你想把一群羊赶进一个不熟悉的环境，尤其是一扇容不下两只羊的小门，还是有一定难度的，或者你再从一个窄小的门洞里把羊群挨着个儿地赶出来，也是需要一份力气与技巧的。

所以说，这些赶羊的汉子是吃这碗饭的人，他们举重若轻地就把羊的纪律性以及排队等候的习惯，短时间内教会了。

他们还有用不完的力气逗弄小巴郎子玩耍。小巴郎子的爸爸在浴场的核心区赶羊，小巴郎子非要进去，也学了赶羊人的本事，在羊屁股后边手舞足蹈，嘴里还念念有词。

这是一个不到五岁的小巴郎，头上还留着两根胎毛辫子，他爸爸打算等他过了五周岁生日，就把这两根辫子剪去，这样他就可以去幼儿园上学了。他们一家人总是担心，扎着辫子上幼儿园，会有其他的巴郎子有事没事拽着那两根辫子玩耍，还是暂时先不去报名上幼儿园，专门等巴郎子五周岁的生日到来。

羊群的女主人是一个有着四百只羊的牧主，很懂行地说她原来的雇工也有一个这么大的巴郎子，等他过生日那一天可隆重了，他们的亲戚都是带着礼物来的，过生日不光宰羊，还宰牛，还专门请师傅到家里给巴郎子行的割礼。

哦，这个巴郎子是在等割礼，等割礼后，他就会走进幼儿园上学了，那时候，他的两根小辫子就会剪掉了。

羊群的女主人对今年的羊价格很是恼火，羊肉价格已经悄然低于猪肉的价格，这样的事也是近二十年也没发生过了，今年全摊上了。

她打算今年一只羊也不出栏，等收了地里的南瓜，就可以支付雇工的年薪了。羊群的男主人是搞宏观控制的，他们现在已经有十几头牛，他就想着干脆减掉羊的规模，扩大牛群的规模。

这帮为羊助浴的汉子们不知疲倦，嘴里吆喝着，手下推搡着羊只守规矩、听人话，他们的助浴费用可达每只羊一元。

这样的收入就很可观了，一天洗两三千只羊应该问题不大，四个人分的话，咋说一天也能挣个六七百块钱。

　　有病恹恹的羊群，便有发愁还贷款的人群；有规模养殖的羊群，便有更多应对市场不景气的方法；有一群群羊只洗澡，便有了助浴的劳动者，他们快乐地吆喝着羊群，快乐地嬉笑打闹。

　　路过羊群或人群，满眼忙碌。羊群很忙，人群很忙，他们各自在各自的生活轨道上忙碌前行，谁又不是呢？

看，落红成地衣！

一夜风紧，繁盛的秋树被强行摘下缤纷的叶，一场秋风的扫荡，满地落英，成了这秋风掳去的，秋季最后的美丽。

草坪一改往日的安静，冷风过境，只剩下了本体的冷静，还有空气中的冷清气息。鸽子队形斜斜地飞过，它们不再有在大屏顶端逗留的想法，也许，谁家的屋顶是更方便温暖的停靠处。

新生的杨树独立成枝，一根也冲天地生长，独独的一枝排开两溜子大的叶片，上半截是黄色的渐变，下半截还是油绿。被风摘下的是稍微失去水分的叶片，或黄，或绿，都有着身量的轻盈，更适合风的采摘。

龙爪柳的生命力是顽强的，枝条繁盛，任性生长，从树冠顶端散布下来的枝条疯长，可以优雅地拖在地上，铺张开来，衬托龙爪柳宽大华丽的覆盖。那些随风飘落的叶片，有的是浅色的黄，有些是渐变的黄，还有些直接就是绿色，毕竟，这场风的强度很现实，长时间地吹拂，吹落多少树叶的不舍。

北美海棠已经换了一副模样，那些浓密的树叶也许是深红色的，也许是黑褐色的，也许只是绿色夹杂了黄色的树叶，接二连三，纷纷应和风声的啸叫，落在北美海棠的树下，形成一个厚厚的铺盖。那些诱人的红色果实，这下可有了展示的舞台，一根枝条就是一串美丽，满树枝条的晶莹剔透，透着季节的清甜挂在枝头，在风中抛洒现成的妩媚。

火炬树的叶片早就红了，那些失去水分的叶片最先从枝头卷曲了叶片，不等风大风急，早早平稳落地，完成一个属于这个季节的转身。

曾经是这样雄厚的、密不透风的爬山虎的墙，这一次的大风，再一次验证"没有不透风的墙"这样的俗语。很显然，这是一堵被风掏空的墙，风挨着起伏的藤蔓，把能采摘的叶片毫不留情地都采摘了，留下延伸的藤蔓在铁丝上疏离地攀爬，只留下醒目的黑色果实瞪着黑色的眸子，冷静俯瞰脚下新添的红叶。

　　草坪是开阔的，绿色还能在冷风中扛上一段时间，绿色的叶片、黄色的叶片、红色的叶片，随着风的摆弄变幻着平躺的姿势，或者就随着风的力量再次起舞。新鲜的红色叶片在绿色草坪落脚后，缀成一个更新鲜的美丽，一场关于落红的美丽。

　　风，总归是要来的，把树木修剪得端庄肃穆，那些落红铺成一床地衣，新的季节便真的来了。

看，满插羽翅待劲风！

　　时间就像一匹脱了缰绳的马，那些草木一秋的野花野草们，匆忙度过了一年一开花的时间，又到了一年一结果的时间了。那些四野开满艳红色、正黄色、炫紫色、奶白色花朵的日子才过去不久，插满了粉白色、牛毛色羽翅的枝头，挤挤闹闹地打开一个又一个生命的符号，只待秋风舞动，一个个新的生命个体就将落脚在这辽阔之地，用生命的不息参与年复一年的挣扎生长。

　　是的，没错，是一场挣扎的生长。在遥远的地方，那些田边地头的野花野草们，一旦被春风唤醒，便不管不顾地开始了一场属于自己生命的接力赛跑。

　　没错，是接力赛跑，是自身生存本能的蠢蠢欲动与生存环境的好恶、无霜期停留的短暂甜酣共同鸣枪的接力赛跑。

　　早春的蒲公英匍匐在地表，舒展开叶片，将小拳头般的绿色花骨朵慢慢举高，一株株嫩黄色的花朵便有预谋地出现了。显而易见，这是一个聪明的小举动，它们用自身的弱小积聚着能量，把身段放低，再低一点，等体内有足够爆发新生命的力量。仿佛一夜之间，接二连三的蒲公英群落就陆陆续续占满了大田的周围，给还缺少绿意的早春大田一丝温馨的暖黄。它有着启动无霜期的各色花系花期的大功劳。

　　当然，它也是最早将生命之路跑完的一个。那些风起的日子里，早熟的蒲公英宝宝便乘坐了夏日里温暖的柔风，四下飘散开来，在合适的地方潜伏下来，等待下一场生命接力赛的不期到来。

　　放低身段的，不仅仅是蒲公英，那些被叫作野葵花的矮小植株，偶尔伴生在作物地块，或者，就倚在半截废弃的农渠旁，有一口过路的露水滋润或者零星飘过的雨滴点化了它，它便开始了生命的旅程。

　　营养不良是不争的事实，矮下身段将自己隐藏起来，偷生般成长才变得更加重要。野葵花的出现有着多种犹豫，原本地块收获后，遗落的一颗种子再在原地生长，很显然多了一点点自作主张，只有等作物长得高大起来，野葵花这才有了小小的胆量。就着矮小的身形赶紧打开花盘，用生命中最灿烂的一面迎接太阳的光芒。花香散开，会有七星瓢虫或者蜜蜂或者蝴蝶有一下没一下地光顾，在这些漂亮的昆虫眼里，只要是甜美的花事，不管你高矮胖瘦，一路飞奔着也要把所有的花事赶完了。

无霜期是个无法逾越的障碍物，各色野花野草们都在急匆匆地参与这场无霜期的长跑接力赛。那些浑身长满刺的刺蓟，有着姣好的花形与色彩，它们混同在甘草、苦豆子中间，占据着路边、地边任何可以占据的地方，哪怕是水渠铺板的夹缝中，也会有它们扎下的根系。

它们的色彩是酷炫的，身形是曼妙的，在拔节长高的过程中，一个赛程接着一个赛程地变装。从最初的萌发生命，到绿色拔节长高再到头顶绚烂，在这野花野草们的身上看得到生的渴望，生的重要。

转眼八月了，立秋的日子渐近了，那些缺少水源灌溉的杨树的叶片由绿向着黄色渐变；野菊花的黄色花瓣被时间缩略为一丛白色羽翅的结构体，刺蓟成片地顶着轻盈的种子；芦苇也在地面上匍匐攀爬，它生怕盛开的芦花没轻没重地浪费了生命的接力，干脆将根部四分八裂地张开，一部分在地下，一部分在地表，匍匐前行，展示着拼命生长的矫健身手。

一场生命的接力已经到了最后的赛程，所有的野花野草们，都在努力为这场接力赛的最后一棒储蓄能量。

它们经历了早春的干渴、盛夏的炙烤，它们一路啜风饮露，不也过来了吗？那盘旋植株顶端的白色圣光，普照着遍插羽翅的一个个生命源。

生命有时也需要等待，当无霜期归零，劲风西起，那些满插羽翅的种子将伺机而动，在合适的时间寻找合适的落脚点。它们将延续下一个新生命的开始，一如它们的母体那般努力、执着与审时度势。

看，农月有闲情!

　　正是农忙空闲时，住在田野之边的人家透露出一份闲适安逸。一个农月的间隙，会不自觉地释放一份闲情，让季节慢下脚步来，将一份恬静四下里随风推开。

　　农业生产自有农时的约束与管理。该结束的工作结束了，该开始的工作还在筹备。

　　大田里的麦茬好整齐的茬口，辽阔地诉说着关于春麦夏收的过去式。

　　闲来无事的老人，捡拾不多一点点新鲜的麦穗，用木棒荷重敲打、脱粒。是想延续收获春麦的喜悦，还是想给接下来的秋收一个缓冲?

　　实际上都不是，只是想着家里圈养的几只下蛋鸡吃了新麦，应该会更加卖力地产蛋。

　　秋水，就在树林掩映下缓流。

　　自有驮了一大摞空的化肥口袋的女人在渠边换穿胶皮水靴，下到渠水里，一张一张地洗刷着化肥口袋。这些口袋现在是一张一张的单体，等被洗干净、晾晒后，这些单体就会被针线一下一下地连成一个整体，这样的联合体最终将效力于即将到来的大忙季节。

　　联合收割机就闲停在院落前边，麦草还有一搭没一搭地散落其间。它的主人一边哼唱着"小呀小苹果"，一边有一下没一下地在联合收割机的上下左右敲打着，是叩诊吗?大约是想着让它先休养生息一个小小的时间段，马上就该把它投放到秋收大舞台了。

　　带孩子的年轻妈妈坐在宽大的晒布上，用完全成熟的狗尾巴草编织成小兔子的模样，逗着孩子开心。

　　院落里，笼中鸟在闲步，如果不吃东西的话，它还可以腾出嘴巴，急叫两声新鲜的长短调。

李子树已经完成了挂果任务，一身轻松地抖擞着绿色的叶片，在接下来的日子里，它将很空闲，在绿色占主导地位的早秋，还真显现不出它存在的必要。

等秋霜下来，叶片有了绛红晕染，这李子树才象征着成熟。

苹果的个头真心不大，大约需要唱"大苹果"的歌手横空出世了。小小的苹果，绯色的脸颊，带着秋的美好，漂漂亮亮地展示着成长期的羞涩与不安。

丝瓜藤蔓千丝万缕地拉挂，直接向屋顶的高度靠拢。今年的丝瓜集体都有着想疯长到三四米长的心，就和新闻里报道的一样，无休止的长度。

路边总有几个闲下来的人凑在一起，说些刚结束的农活如何长短，再说些接下来要抓紧办的事情，顺便还夸奖一下鲜食玉米的甜度和黏度，以及讲述在远离此地一二十公里的某地，这样的玉米身价是多么高，并且还抢手的事实。

提供鲜食的西瓜也熟了，该采摘的嫩豆角、嫩苦瓜都采摘了，西红柿就让它慢慢变红吧。

这是用忙里偷闲衔接而来的季节过渡，一个春种夏管后自然而然要到来的农月闲情。

一个暂时的休整时间不会太长，不到一个月，各种忙碌将接二连三冲淡这一份闲情。

那就是成熟的季节到了。

看，秋来又逢菌！

秋天来了的迹象不仅是西风的力量慢慢在生成，不仅是地里的庄稼，顺理成章地渐渐成熟，更多的是一不小心就会有的一个来自秋天的问候，一个肥厚而不失清香的问候。那是藏在树叶枝条里的，或者是钻出土渠道的虚土，或者就在枯叶下静躺，一声季节的号令，便有了秋天鲜美滋味的菌菇。

前年，去大田散步兼散心，去看秋天的庄稼是怎样繁华与铺张。沿着三连与四连交接的机耕道走去，排碱渠还有存水，铺装了防渗板的渠道，还有渠水在缓缓流淌；渠道沿途是成年大树，大树有着盛夏的余温编织的绿色枝条，在乍起的秋风里，荡漾出一段悠闲。

忽见一棵大柳树上有一团嫩黄色凸出物，脑海中在想：这是什么？会不会是一个马蜂窝？这个马蜂窝为什么那么鲜艳，以至于有点耀眼，要不要近身去看看？马蜂窝一般不是灰白色的吗？这个马蜂窝是不是有什么特别？特意从排碱渠穿过，还要找一个合适的地方跨过渠道，才能接近这棵大柳树。为了一个马蜂窝去探险值不值得，马蜂窝会不会有野蜂蜜，要是有蜂蛹也是好的，可以油炸了吃，问题是，马蜂剽悍，我还是远远地观摩一下，权当探险了。

找到排碱渠的细腰处，蜻蜓点水般踩了水面上的石头，也就过了排碱渠，渠道是深的，内面是陡坡，一步跨过去，需要用到刘翔的技能。干脆从前面的小闸门翻过去吧，这样安全系数会高一点儿。

怀揣忐忑，向着那棵敞开怀的大柳树靠近，大柳树周边并没有马蜂飞舞。再近一点，看清楚了，这不是什么马蜂窝，这是柳树上结的菌菇，鹅黄色均衡布满菌菇体表，迎着西边的余晖，整个菌菇镀金般通体光亮起来。这是一个好东西，一个散发着淡淡清香味的好东西，值得用图片和视频记录下来。

于是，藏了兴奋，返回去拿器材，顺便叫了一个帮手。帮手是种大棚蔬菜的老乡，他有一把工具，他在我信任的目光注视下，轻轻地剥取，换了下工具的位置，一点一点地剥离，一个完整的菌菇就这样卸了下来。很满意这样一个主体是完整的菌菇，它有着椭圆形的身形，内里是一圈圈的生长痕迹，像极了人类大脑的构造图。

赶紧捧着从大柳树这里出发到大棚，从大棚里拿出盘秤称重，终觉盘秤不够高档，再一次去小区小超市里用电子秤来称重，得出6300克的重量。那些在小超市搓麻将的人在专心搓麻将的同时，还抽空看一眼这鲜艳夺目的菌菇，直接就甩出评语："这是好东西，赶紧分掉，吃吧。"

哪里舍得分掉！飞速抱它回家，让所有家人都见识一番这巨型蘑菇的风采。然而并不舍得吃掉它，想着是不是要让它发挥更大的作用，比如做展览，让更多的人见识一下这大自然的出产，于是将它珍藏进了冰箱冷藏室，一直冷藏到菌菇容颜老去，最后只能将它扔掉。

去年，有机会天天去五连转悠，每一条渠道、每一块农田、每一片林带都是重点关注的地方，全部都用脚底板量过，才对得起这样一次近距离接触连队的机会。

还是秋天，八月底，在八斗的条田林里，一棵守护农田的大柳树长了几棵菌菇，有大有小，色彩斑斓，有金黄色向着红色过渡，在大田边还是比较显眼的，比较能引起注意。这是一个周六，邀请家人一起共赏这自然奇观，分别与这生长蘑菇的大柳树合影，然后用园丁铲等工具把最大朵的卸载下来，拿到西瓜摊位的电子秤上称重，分量也不错，是5600克。虽然没有6300克的菌菇重，也在巨型菇之列了。

拿回家在门口的木头长廊摆弄一番，又一次珍藏进了冷藏室，想着为五连做点贡献，可以将它们充作五连征集的农展会的展品，做一个展览，于是精心包裹了。用报纸淋上水，包裹了菌菇，防止它干裂或者缩水，想着这样的包装也许会让这个大家伙在冰箱里长个子。

没两天打开湿报纸，菌菇表面的色彩更加丰富多彩，有蓝绿色的菌斑出现，原本清香的菌菇有了一股陈旧的气味。只好就此作罢，把它请到了一个合适的地方，就算结束了这件事情。

及至今年，原本就想趁着小长假看看庄稼，接接地气，于是还是在五连，从杨树上直接摘取了好几朵杨树菇。这杨树菇，好生肥嫩，不愧是秋天丰厚的产出，一朵杨树菇就是一盘子鲜美的山珍。

不经意间，走过渠道的深草，又见莲花般生长的柳黄菌。一层挨着一层，攀爬向上的菌菇层次分明，像极了莲花宝座，在大柳树的树身上铺展开来。这样的主体形状好看，色彩是黄白色，气味是新鲜的蘑菇气味，这样的相逢，必须要用惊喜来表达。

于是再次邀请家人一起动手，把这样一个巨无霸请了回来。这一次是去菜市场称重的。这样一个巨无霸的主体就称出来10550克的重量。

这当真是今年秋天一个大的收获，赶紧拿到家门口的木头长廊做一个展示，展示的时间是短暂的。第二天，这朵美丽的蘑菇就魂归垃圾箱了，它的食用功能因其体量的巨大变差，所以，只能做展示。

连续三年都有秋天的惊喜来访，心下想，明年弄个大的杨树菇，换换口味，是不是更好。

看，秋临风情湖！

极目远望，一汪秋水就在那里，秋已款款移步风情湖。

在准噶尔盆地边缘，雅丹地貌造就了无数天然坑塘，它源源不断地接续额尔齐斯河河水，在陡峭的小丘之间铺开三千亩水面，神化着这里地理传奇。

盛夏时节初访这充满神秘风情的湖，大约除了震撼别无感慨。这是一片古老的风蚀地貌，肃穆昂扬，与周边以戈壁石唱主角的地貌完全不可同日而语。古朴宁静的气息散发不止，让人不得不击节盛赞这大自然的鬼斧神工。

再一次到访已是十月中旬了，秋意盎然包裹着这山水，发育完全的雅丹小岛静静地注视秋水默默地流淌。秋阳暖意临照，照出湖面鱼鳞般的波光，湖中浅长的秋草身穿金黄凭水玉立，映衬着碧水的湛蓝，秋虫私密地呢喃，戏水的水鸟欢舞歌唱，湖边红柳在微风中摇曳，给这湖水平添多少静谧。

湖畔，形状奇异、大小不等、排列有序的土阜、土丘环湖而立。土丘又干又硬、鳞次栉比，有的拔地而起，如柱、如树、如竹、如伞；有的匍匐在地，似狮、似虎；有的怪异，像神、像魔鬼；有的肃穆庄重，像城堡、像帐幔、像房屋，给人以无限遐想。

秋临风情湖，这壮美，大气磅礴扑面而来，双眼如何承载得下？快用相机定格，把这充满神秘风情的秋景收藏，让更多的人艳羡这大自然豪情的馈赠。

如何找寻这有着神秘风情的湖？它在北屯，它因一个农林牧副渔五子登科的所在而得名，它叫——丰庆湖。

看，秋天的场景！

　　秋天的脚步，在劳作中缓步前行，秋天的舞台上演着一幕幕故事，那是人与植物、人与动物、人与人混合交织的世俗的秋天。

　　无霜期的长短决定了作物的生长期，瓜熟蒂落全部由无霜期的长短来决定。为了追赶季节的脚步，追求作物最佳收获期，大田里的油葵、食葵、打瓜、南瓜、籽用葫芦、制种玉米、色素辣椒依次把成熟的迹象摆在世人面前。

　　油葵是一个消耗人力物力最少的作物，从一粒种子开始，春夏秋三季浇六道水，便结成了满盘籽实。收获时最大的好处是，可以用收割机风卷残云般收割，节省不少宝贵的人力资源。打瓜、南瓜这类瓜类作物，一直离不开输液般地滴水，一块地，十天滴一遍，接着再来，经过很多疗程般的输液，才能有大大小小的瓜透露出成熟的欣喜。这时候，为了方便机器作业，人们给满地的瓜排好队，中间预留出机车行走的道路。人们用叉子把瓜叉进打瓜机料斗，风车般的金属叶片高速运转，将瓜皮、瓜肉、瓜子分离，人们需要的瓜子就流进预置在机车侧面的袋子里，而瓜皮、瓜汁儿、瓜肉则留在了地里。

　　等瓜子与人撤出大田，牛羊和牧人就立刻占领了这有着丰富食物的宝地。打瓜机直接舍弃在地里的瓜皮、瓜肉，四散开来，整个大田就是一个大餐厅，食物有规律地摆在那里，那是隔几米就是一堆散发着打瓜与南瓜甜丝丝味道的美食。牧羊人只管把牛羊轰进地头就可以了，随意让牛羊敞开享用这秋天的饕餮大餐，这是农场送给牛羊的一份秋天大礼。

　　清场工作是以接力赛的形式出现的，当牛羊把地边、地角、地心轮番踏遍之后，回收废旧滴灌带的人就进场了。他们的目标很明确，就是要把铺在大田每个角落的黑色滴灌带全部撕扯下来，装车运走，回炉重新制作来年用的、新的滴灌带。三五个人在地头站成一排，各自将滴灌带的一头抓在手里，一撕一扯之间，地面的尘土飞扬，黑色的滴灌带像受惊的蛇类动物，扭曲着身子向空中腾挪，滴灌带脱离地表，成了人们的俘虏。这属于脏活累活快活，滴灌带在地表浅浅地埋着，你要让它离开，必须费一把子力气，在快步疾走中，土壤的粉尘遮蔽着前方的视线，就是这样的脏活、累活，却是要手快脚快的。三个人，半天就能把30亩地用过一年的滴灌带收走，工钱是单价每亩5元，一个早上，一个人可以分得50元人民币的酬金。

膜下滴灌技术的全面铺开，确实给大面积种植作物带来灌溉的便利。在滴灌带可以回收再利用的同时，随着粉尘腾空的还有不能自己降解的白色地膜的残片，为了土地不至于被太多化学物质淤塞，捡残膜就是土地主人必须重视的一件大事。人工捡拾残膜，费力费工，机车装上铁质的、细密的搂耙，这下好了，残膜一网打尽。此时的大田总算露出了宽敞而本真的面貌，土地在秋季收获之后开始用它本来的面容示人。

晒场是一个容易让人能充分满足欲望的地方，当一座座黑色的瓜子山、白色的瓜子山、红色的辣椒山、黄色的玉米山堆积在人们面前，不管这些地里的产出最终能变现几何，总给人一种愉悦的满足感。摊开瓜子们晾晒的劳作，使用木质的耙子，劳动者的动作看上去很美，仿佛不用费劲就可以把秋天的果实摊开来，随意把它们晾晒在太阳和人们的眼皮子底下。这晒场就是色彩艳丽的竞技场，和着秋天的节奏把秋天的色彩点燃。

这就是纷纷扰扰的秋天，收获的季节一直要持续两个月，运气好的话，临上冻之前就可以把一年的收成变现，那么来年就可以有宽裕的钱早早备下来年一年要使用的农资，当然还有或肥或瘦的新年。

看，秋天的存储！

秋储冬藏是北方人惯有的生活方式，为了冬季餐桌上有着大把的维生素，以及门类相对丰富的菜肴，那么秋天，就是存储冬菜的最佳季节。

北方人冬季餐桌有三件宝，萝卜、白菜和土豆，这可是漫长冬天的当家菜，不在秋天集中购买、储存。冬天一棵大白菜花个十好几块那是没商量的，在经济账面前，必须认可秋储对一般非小康家庭财产保值还是大有裨益的。

这里，冬季漫长而悠远，反季节新鲜蔬菜现如今也有的卖，卖得贵不贵不好说，但对收入需要追赶跨越的人来说，秋天囤积一点过冬的蔬菜，不失为一种应对收入低下的良策。

市场上，卖大白菜的临时客商有若干名，他们的白菜，都高高大大地在大汽车上砌成一堵结实的墙，看着就眼晕。这么多，卖得了吗？别担心，价格在那儿放着呢，卖家各种卖法，有扒了皮的卖八毛钱一公斤，有没扒皮卖一公斤八毛钱的，同样没扒皮的也有卖六毛钱的。随便拿起哪棵大白菜，没有五六块钱，你还真就请不回去。那么，一个家庭，一个冬天消耗多少棵白菜呢？十棵？二十棵？也许三十棵也不一定呢。所以，不管是白菜墙，抑或白菜山，对于认可的价格还是有人下狠手的。不到一会儿，一车白菜就被扫货的人群掏空一半。看来，秋天的白菜是个名副其实的畅销货。

这年头，胡萝卜越长越顺溜了，总是顺着人们的心思长。色彩艳丽自不必说，个头不光大浑身还光溜溜的，一丝土都不沾，整整齐齐地码放在红色的网袋中，平添多少娇媚。价格嘛，也实在，就这么实实在在的一袋子，没有一百元还真请不动它，我只有绕道而行。另一个萝卜摊头很没有市场化的经营理念，使用破旧的化肥袋子就来装胡萝卜，胡萝卜长得也千姿百态，大的大、小的小，还有着多头并举模样，混合着湿润的泥土，标志着它刚离开土地不久。

　　小葱水灵，大家都知道，现在的大葱也水灵，完全可以说是健壮挺拔，超过一米的身高着实吓人，躯干是晃眼的白，让人忍不住想上去摸一把。好家伙，皮松肉软，就这体质，等它过冬，够呛，稍微那么经历寒冬的洗礼，还不是全化成水了。生物科学的不断进步，运用蔬菜育种繁育技术长出来的蔬菜后代们，经过选优，比它们祖辈长得漂亮多了，总以光鲜亮丽的姿态示人，诱惑着人们的眼球。可供选择的葱还有个头小的，精瘦精瘦的，小体格挺结实，我想它即便冻一冻也不怕，化了冻依然可以食用，而且辛香的滋味不会变。那就定下来，就买这种不起眼的大葱吧。

　　洋葱也是比较好过冬的蔬菜之一，市场上有什么美国种的，又大又白又漂亮，水汽十足，口味偏甜，还是买紫皮的吧，价格都差不多。土豆还没有对胃口的，市场上的土豆都是个头匀称、洁白无瑕的好模样，一看就知道含水量肯定很大，等它过冬，想来有点困难。我实际上想要的是，记忆中满身麻点、颜色偏深一点的土豆，口感比较沙。接下来就要慎重了，青萝卜一不小心就会变身为空心大萝卜，记忆中，空心大萝卜比棉花套子还难吃，那就奉劝自己少买两个吧。卷心菜还没有大面积下来，等堆货如山的时候再去购买吧。

　　采购完成后，人们还要拿出极大的耐心给这些蔬菜保温保湿，运气好的话，大过年的还可以品尝到秋天储存的蔬菜。

看，秋天的答卷！

秋风轻卷起庄稼们成熟的味道，把葵花籽的油香、花芸豆的豆香、打瓜的清香、南瓜的浓香广布在秋天的空气中。林间有小鸟衔了秋阳的七彩光斑，一声响脆，赶着时光，追着秋忙的脚步，在大田的上空催促农人莫负了这秋天的丰腴。

今年是花芸豆的大年，匍匐开的花芸豆长得张扬，那紫红与白色相间的豆荚饱满得过了头，总有自己就要炸开的趋势。花芸豆的收获，说来也是简单的，只消请了雇工，在才滴过水的地里，按照地膜的走势顺势拔下，晾晒几日，自然会有联系好的花芸豆收获机带着季节工进地。机子吞食花芸豆的豆秆和豆荚，然后直接翻滚出颗粒饱满的、干干净净的奶白花芸豆来。季节工把花芸豆装袋、扎口，一把推下装满的袋子，自然会有转运的车子去分装袋子，再转运到来拉货的大平板车上。这都是一气呵成的，省去了晾晒的工序，直接在地里成交。

红芸豆成熟得比较早，地里也进了机车。那是把收获后的秸秆打成捆子的打捆机，顺着收获的痕迹，把秸秆打成一个拉杆箱模样大小的、结实的捆子，拉回牧人的圈舍，那可是冬天牛羊们适口的好饲草。

食用葵花是这几年作物结构调整后，重新变成热门种植项目的作物，好种、好管、好收，也好出售，成为今年种植面积最大的作物。说到收获，确实比起原来要先进许多，原来葵花的收获很原始，农人们把所有收获的葵花饼子集中在一起，然后大家围坐在一起，就像用洗衣棒槌，一下接着一下，把葵花籽从葵花饼子上敲下来，这才进一步晾晒。和葵花籽一起落下的，还有很多干花序，给后序的清扬多加了一些麻烦。

现在的效率是原来的几十倍，种植户集中人力把葵花饼子砍下来，插在葵花秆子上，先用阳光的力道给葵花做一个按摩，这才是大个头联合收割机收葵花籽的好时机。人们把葵花饼子往车上的槽子里扔，传输装置就把收储箱里填得满满的，葵花籽通过车载高炮源源不断地传输到大卡车上，只需要一个大太阳天，就可以用清粮机把葵花籽清扬干净，效率不是一般的高。

打瓜地里上演着同样的戏码。现在的打瓜机也有了大的收储箱，省了现场装袋这一道工序，满了就转运出去，方便快捷，加快了抢收的步伐。

滚圆的南瓜密密麻麻的，在地里展示着秋天的富足，那是金黄色和金红色的流淌。怎样的满足感在眼前铺展开来，推瓜的机子把箭镞模样的装置放在车头，行云流水般就推开了一条金色的南瓜大道。那一道道南瓜堆积的线条，从地头的那一端，笔直地开阔到500米开外的那一头，转弯处是一圈曲线，这样的农田造型，正是农人在大地上用饱满与激情做的画张。

籽用葫芦地里还是一片盛夏的颜色，大型的闪烁着宋瓷光芒的籽用葫芦，俨然孩儿枕，卧在大片的绿叶下，安详舒适。

这个季节是忙碌的，连羊群也来凑这个热闹。农人们邀请了牧人和牧人家的羊群，为成熟的籽用葫芦来一场盛宴聚会，多汁的茎叶是这个秋天最后的绿色。在阳光极好的天气里，那里新鲜的汁液把羊的嘴巴涂抹成了一片染着金光的绿色。

这是一个互助，或者说是一个生态链条，成熟的籽用葫芦还没有到瓜熟蒂落的地步，就要人为催熟，断了茎叶，好让瓜瓢的多汁再把白色的葫芦籽养得胖一点，再胖一点。作物的品种叫作籽用葫芦，最后成交的农产品将是白胖的葫芦子。

羊群浩浩荡荡地挺进籽用葫芦地，主观上是来采食秋天的茎叶的，客观上却是在帮人们干活呢。它们把茎叶啃食掉了，孩儿枕般的籽用葫芦少了茎叶的牵绊，就好请推瓜机，也推出一幅直线和曲线交织的线条画。迎接几个太阳的升落，打瓜机就可以进地了。

红片打瓜地已经收获完成，地里还有瓜瓢和瓜皮在滋润着大田的空气。这打瓜的清香味道是具有诱惑力的，那些踩踏籽用葫芦茎叶的羊群疲倦了，可以转战红片打瓜地，用属于秋天的清新好滋味把肚子喂得饱饱的，这才对得起整个秋天丰厚的捧出。

晒场上，红片打瓜晾晒在黑色的遮阳网上，遮阳网延伸到哪里，红片打瓜的瓜子就铺展到哪里。打瓜子的片形中等大小，倒也匀称，红色的泛滥点燃了整个秋天的热情与奔放，晾晒这样的瓜子，心情应该是美丽与舒展的。那有些甜腻的瓜汁湿漉漉地附着在瓜子上，木耙子一推一挡之间，有充足的光线起起落落地追随。

黑片打瓜已经把瓜汁的水分全部散布到了晒场的空气中，黑色的瓜子壳实实在在地包裹着脆仁，这样的瓜子就是晒太阳晒到位了，需要更进一步地用清粮机进行筛选。这是一个选美的过程，身强体壮的、身形健美的黑片打瓜子，就流进了新的包装袋里，用封口机一封，就是一个特产商品。

大拖挂车就停在晒场的那一边，那里有一座瓜子山，灌装好的精品葵花籽，这就起航。跳板上是矫健的身影，大拖挂车上是一座新的瓜子山，它们将带着农人们汗水浇灌的丰硕果实，远行到铁路货站，或者就在这里出发，输送到祖国的各地，与全国人民一起分享秋收的喜悦。

这是一份来自秋天的答卷，春有土地新政的实施，有"五统一"的破除，种植户们把春天的希望用日耕夜作来完成，那些流淌过的汗水已经不算什么了。

因为春天的耕作和夏天的守候，终有秋天这个美好，在大地书写了一份份满意的答卷。

看，秋天的羔羊！

秋天来到的时候，不是用树叶一片一片的凋零提醒般地告知，而是秋风一再地搅乱着天空、大地，把秋寒一再地通过风这个媒介传送过来。就在秋风一再袭来之际，属于这里一年一度的"秋羔"在瑟瑟寒风中降生了，它们的来临，注定了它们从羔羊到成年羊这个时间段都要在寒冷的季节里度过。这期间陪伴它们的只有干草，只有等到来年春天，它们成年后才能第一次品尝到遍地的青草味道。

小尾寒羊有着超强的繁育能力，多胞胎是很常见的现象，而且适应性特别强，很快就扎下了根，也打破了本地传统的"冬羔""春羔"的传承，因为它们在秋季同样能够诞生新的生命。

小尾寒羊四肢细高，因此怀孕的羊妈妈看不出一丝臃肿与笨拙，在大风天里的野地里，她即将临盆了。这是一只有过一次生育经验的正当年的羊妈妈，她开始在原地打转转，开始心绪不宁；她远离了羊群，独自找到一块和缓的地带，稍稍能够避过秋风强劲的势头；她半卧下来，尽量地把肚子舒展开来，这样她的一条腿就悬空了，在秋风中一晃一晃地代替全身抽搐，太阳或阴或晴地照在她的脸上，她知道自己应该怎样去使劲。

羊妈妈在用劲，她一再用"咩咩咩"急促的声音混合进秋风的寒意里，持续的低吼声中，第一胎羔羊诞生了。羊妈妈打起精神站起来，用嘴巴、牙齿、舌头去撕扯羊羔身上的黄色胎衣。这不像一个刚生产过的虚弱的羊妈妈，她一口接一口地舔舐着新生的羔羊，等黄色的胎衣褪去，满身长着白白细细的卷毛的羊羔就可以顺利地呼吸秋天第一口新鲜的空气了。羊妈妈还不甘心，用鼻尖去碰触新生儿，再碰触，羊羔站了起来。

在羊妈妈的鼓励和帮助下，羔羊开始跌跌撞撞地学习站立，羊妈妈咩咩咩地叫着，抽空随意撕扯着身边的青草，她在补充能量，她想快一点进食。时间真的太紧迫了，在随便吃了两口后，她又自顾卧下，还是尽量把肚子舒展开，一条后腿向半空举着。第二胎羔羊生产顺利了许多，羊妈妈咩咩咩的低吼没有持续多久，羔羊的小脑袋和两条前腿就滑了出来，随着羊水的流动，又一个新生命就来到了这个世界。羊妈妈疲倦中挪了挪身子，并没有站起来，就这样躺在地上，把头伸了过去，一下又一下把胎衣连撕带卷地吞进肚子。新生的羔羊，在秋风的眷顾下，瑟瑟发抖，羊妈妈把脸颊靠过去，在羔羊的身上磨蹭，她的半个脸便有了一片鲜红的血迹。新生的羔羊伸着脖子试图靠近妈妈，就这样努力着，羔羊站立了起来。羊妈妈这时却没有力气站起来了，只是对着秋风，咩咩咩地低吼。

秋风中的战栗传染般在这三只羊身上拂过，秋风依然劲吹，羊妈妈索性就原地不动地躺在那里。随着她高抬的腿抖动的频率，第三只羔羊很快随着颤抖的节律来到了这片秋风扫过的野地。这是一只虚弱的羔羊，它几乎不知道什么是生理反应，就随着羊水静躺在那片出生三只羔羊的有着血水流淌的地方纹丝不动。羊妈妈挣扎着爬起来，立刻进入抢救状态，她发疯般地撕扯着胎衣，并不吞咽，因为时间不容许她吞食，她只管在羔羊的口鼻处加大清洁的力度，在喘气的间歇，不免还要发出些咩咩咩的低吼。第三只羔羊在低吼声中感受到了秋风的掠过，参加到大家一起随着秋风打哆嗦的运动中。

秋风不管不顾地在新生羔羊身上吹拂，卷曲的羊毛由湿润向干燥过渡，它们向羊妈妈靠拢过去，试图学习怎样去咂取第一口奶汁。它们用站立的姿势，仰了头，一次又一次去靠近，在多次失败后，终于如水的初乳就哺喂进了它们的口中。

有了这第一口奶水的滋养，三只新生的羔羊基本没有生命之虞了。这就是秋天的羔羊，它们诞生在万物凋零的秋季，漫长的冬季将陪伴它们长大。可以想见，在来年春天到来的时候，它们就是健康的成年羊了，那时，就有新生的鲜草等待它们去撒欢与抢食。

看，秋天的麦苗！

　　高纬度的地方生长着秋天的麦苗，它们年轻的生命经历了从立秋到霜降六个节令，它们生活在伏翻后与霜冻前的一段美好的日子里。秋风乍起、秋雨缠绵的季节里它发芽、长大，在金黄色的秋天里，稚嫩地托举着一二十厘米的新绿，展示着生命的力量，直至生命的终结。

　　秋天的麦苗，集体发出对生命的渴望，不约而同地一起长大。你大可不必去测量秋天麦苗的行距与株距，夏收后，麦地散落的种粒自动会跟了犁铧的划痕，整整齐齐地发芽，横看是一垄，竖看是一行。如果非要套用播种标准，什么播行笔直之类的，那就要看机车手犁地时，是否规规矩矩地翻起了每一寸土壤。事实证明，因了秋天的阳光雨露的滋润和不温不火的气温，秋天的麦苗长得简直可以说就是标准的苗齐苗壮了。

　　阿勒泰，因为高寒，历来只适宜种植一季春小麦，春小麦的播种到收获，不过就是短暂的十百二十天时间。大暑节气时，大型收割机在麦田里就完成了从收割到脱粒的整个工序，相对来说，收割机干得是漂亮与干净的，因为现在很少听说有谁还会去捡拾麦穗了。只是在收割机阔步前进的时候，多多少少有那些调皮的麦粒一不小心溜了号，重新回到了土地的怀抱中。

　　经过暴晒与漫灌的大田，翻犁之后，再也没人光顾这曾经的麦田。那一批遗落在大田里面最新鲜的麦粒，拥有完全成熟的姿态，它们和被拉运出去的麦粒一样，有着健康的小麦肤色，有着含糖、含蛋白的内在物质本真，它们具备所有一颗成熟种子具备的生理条件。立秋时节，在秋阳的照射下，在秋雨的滋润下，在翻滚着泥土腥香的大田里，所有被遗落的麦粒不自觉地都开始了孕育新生命的过程，这是大自然赋予它们的自然生长力。

　　处暑的来临促使小麦胚芽发育，一颗颗小小的嫩芽冒出了头，那是一颗微小的、似有若无的生命状态。好在此时的季节是多么适宜新生命的诞生，弱小的麦苗开始寻找最佳的生长技巧，及至白露，它才有了真正麦苗应有的模样，与大田里生发的杂草有着天壤之别，打眼望去，很快就能识别出那是一整片麦苗散发的新绿。

太阳在秋分过后，变得不那么勤快了，很多时候，它都是很迟了才出来，然后胡乱用黄白色的光，把树叶染黄再染黄，便又早早地往山的那一边去了。秋天的麦苗，从破土而出就享受着不温不火的太阳光，慢慢长大。寒露时节来临时，秋天的麦苗已经长到二十厘米左右的高度了，齐刷刷地迎着秋风，一起摇曳，一起舞蹈。早起的露水浓重，可以缓解秋旱的干扰，秋雨来时，一不小心长个一两厘米也是有可能的。秋天的麦苗就这样肆无忌惮地生长着，它并不知道季节轮回存在的种种际遇。

这是一季没有人打理的麦苗，它们自顾自地靠着自然的生长力，自生自灭地活着。当霜降来临时，大树枯黄的叶子早已被来自西伯利亚的第一场寒流刮跑了，刮得无影无踪，只留下大树的躯干，等着来年早春发新枝。

秋天的麦苗在寒风中僵硬笔直地走进立冬。当下雪季节的到来，秋天的麦苗已经完全没有机会扬花结实了，厚厚的雪会让它们彻底消失在沉寂的大田里，当来年早春，积雪融化后的大田自然不会再留下它们曾经生长过的任何痕迹。

看，秋天的咸菜缸！

在漫长的冬季里，咸菜在餐桌上总是不显山不露水地调节着人们的口味。秋天是腌咸菜的季节，秋天的咸菜缸内容是否丰富，很大程度上决定了人们冬天味蕾的满足感。

这片土地的第一本志书曾骄傲地记载了团场过去的制陶业。三四十年前，五小企业兴盛时期，团场煤矿曾经为五七战士们开辟了烧制水缸与咸菜坛子的作坊，这些陶器随着运煤的大卡车走了不少远地方，成为当时人们的家庭生活必备品。现如今，随着社会发展，这些水缸、咸菜坛子却逐一退出了人们的视线。

我家退休的水缸在小院屋檐下健健康康地排着队养老，何不让这老缸焕发青春，再重新披挂上阵，为我当下的生活再出把力呢？

腌咸菜其实是一个技术活，幸运的是，我就是拥有这项技能的人。为了家里的缸不白空着，为了自己的手艺历久弥新，也为了家人舌尖上的些许快乐，更为了化解冬季饭食的油腻，我必须责无旁贷地去亲手腌制小半缸咸菜，这样才对得起生活带给我们的无穷乐趣。

"工欲善其事，必先利其器"，说干就干，先把水缸请到院子中间，里里外外痛痛快快地给它洗个冷水浴，再让太阳光的紫外线把它彻彻底底地消消毒，那么就可以放心地用了。首先选择的蔬菜就是秋季扫尾的辣椒、黄瓜、豆角，调料是可以去除菜腥味的老姜，还有价格挺昂贵的仔姜，它既是调料，又是上好的腌咸菜原料；还有就是大颗粒的盐了，这是具有入味与防腐双重作用的主要调料，要不然怎么叫咸菜？当然还有杀毒增鲜的高度白酒，这也是必不可少的，至于其他的，诸如花椒类的就免了吧，价钱老贵不说，回头还抢了咸菜的本味。

腌咸菜其实很简单，因为各种腌菜的方法比较多，调料也复杂，所以人们比较头疼。什么干腌法、水泡法，发酵型、半发酵型，掌握不好的话，咸菜难吃倒在其后，关键是花了时间、金钱与精力，做出来的咸菜坏掉了，吃不到嘴里，还要费一把子力气倒掉，这才是可恨之处。

我采各家之长，独创了一种先干腌，再用蔬菜自身渗出的汁液来浸泡的方法，很好地解决了咸菜腌着腌着就坏了的大问题。我通常是把鲜蔬洗净后，在太阳下把表面的水汽晾干，在蔬菜自身水分充分保有的情况下直接入缸，一层鲜蔬，一层大颗粒盐；放置好后，表面撒上封口盐，再用高度白酒洒在上面；最后，压上平整的、有分量的大石头，盖上缸盖子，就算完成了腌菜的一多半工序。

接下来，就是每天翻缸、倒缸，说白了，就是促进蔬菜和盐充分结合。过不了两天，在盐的作用下，蔬菜自身的水分就被逼出来了，这基本上就算大功告成了。当然了，每次上下翻腾后，别忘了还要给缸里撒上封口盐和白酒，这都是防腐的利器。同时，来自戈壁滩的大石头也很给力，它们可以让这些半成品咸菜在盐汤底下的隔绝空气的状态中，悄悄地完成从生涩到熟制的整个过程。

有了这现成的腌菜老汤，随着秋天季节供应的菜品种类的增多，还可以在老汤内进行滚动腌制，这样比较科学合理，既利用了老汤的稳定性，又节省了盐的使用量，何乐而不为呢？我陆续又往咸菜缸里添加了雪里蕻、芥菜疙瘩、胡萝卜、大白菜、卷心菜。这样一来，秋天的咸菜缸愈发丰满了起来。

秋天的咸菜缸是丰盛与饱满的。我想，在寒冷的冬季有鲜香可口的咸菜下饭，饭也可以多吃两碗，那么体内就有足够的热量去抵御冬季彻骨的寒冷了。

看，秋阳深耕收获季！

去五连看看，在这样一个秋色斑斓、秋味浓郁、秋阳广布的收获季，去找寻秋天在大田、在晒场、在连队留下的深深浅浅的脚印。

离开五连已经整整一周年了，再踏入这片熟悉的土地，依然会有变与不变的种种对比，在脑海记忆深处做着排列组合或合并同类项。

渠水还在流淌，这是为播种冬小麦而专门沟通协商才放下的灌溉水吗？水速急切，载了缤纷落叶向下游流去。

通连公路两旁的杨树，已经开始有了秋天的模样，缺水的、体衰的杨树先行一步，把嫩黄的颜色披挂上，在秋阳的照射下果断地明丽。

籽用葫芦还没有要收获的迹象，叶片浓绿，还有黄花新开，配合了满地的葫芦，多少有了让季节再放慢半拍的感觉，好让当值的太阳再多播撒一点热量，让成熟来得更透彻一点。

移步前面一块有新绿生发的地块，眼前有粉蝶和小蜜蜂在起飞降落，空气中有植物特有的气息，在微风中一波一波地推送。这是一块小茴香地块，已经收割的小茴香地块重新生发嫩枝、嫩叶，多半是从根部侧枝冒发；少半是秋收的落籽，遇到了合适的土壤与水分，也不管季节的脚步匆匆，急速地快快冒发、长大，散发即将开花的香馥，一刻不闲地招蜂引蝶。

对面是一块花芸豆地，单产没上两百公斤，以单价6元的价格卖掉了，货款只收了一半。今年，这块地的主人已经开启了冬闲模式，种的春小麦已经入库了，等着结算小麦款。花芸豆已经卖掉了，秸秆也卖掉了，收草的人已经把秸秆打成了捆子，他已经彻底闲了下来，在很多人家忙得四脚朝天收瓜的时间段，他已经背着手，无所事事地瞎转悠了。冬小麦的种植计划一点也没打动他，他心里想已经倒好茬子的地，种葫芦是首选。

大田是安静的，有微风吹送着这安静，地里没人干活，连羊群也不见，只有谷子在耐心地等待改装的收割机继续改装。谷穗保持着在语文课本里的谦逊地低下头这样的姿态，保持的时间有点长。

葵花已经收了，只剩下半截子葵花秆子，像一柄柄利剑直插蓝天。这也是一块三代同堂的葵花，成熟期不同，高矮不同，最终也同步上了晒场，恰是这个代号的葵花没有什么市场需求。进连队营区，有瓜子山中规中矩蹲在种植户自家门口。

也有趁着太阳很好的天气，赶紧清扬瓜子的。机车隆隆，清扬瓜子的人们被噪声笼罩，还有飘浮在半空中的细碎葵花的干花，男人戴着自己女人的凉帽，遮挡太阳的来势汹汹。这样按照工序流程一环一环来干活的场景，打破了大田的安静。

晒场远没有去年热闹，几张篷布晒着今秋五连最早打下的籽用葫芦和无壳南瓜，带着碎瓜皮的瓜子摊开了，有太阳光线追着木耙一下一下闪着瓜子新生的湿漉漉的光泽。

连部办公室有紧锁的眉头，一头锁定秋翻作业，一头锁定播种冬小麦的工作安排，这可是一个让秋阳也要躲进云层的大话题。

最该忙碌的季节，最该喜悦的季节，却有按兵不动的沉着和不愿打破的沉寂在不知名的地方躲着呢。连队营区没有玩耍的老人和孩童，只有阳光在树叶上跳跃着走过。

看，十月花开！

十月的太阳，开始倾斜照射的角度，十月的阳光，有了珍贵的温暖感。在这个即将迎接寒冷季节到来的月份，放眼望去，那些流露求生欲的花花草草们憋足了劲儿，在这短暂温暖中急速完成一次生命的绽放。

北美海棠树是一个色彩斑斓的集合体，黑色的果实，红色渐变的叶子，浓密地接续暖阳下的美好。在这枝叶繁华处，还别着一朵刚绽放的花朵，黑丝边儿渐变红的花瓣，俏皮的花蕊。这属于花果叶全配套的一株北美海棠，它充分展示着秋天的富足，和秋天的绚丽多姿。

鸡树条的叶片，在这个季节开始由绿向黄再向红，一路渐变，这大约就是季节的力量吧。也就正在叶片即将老去之际，红色果实饱满鲜嫩，小小的红色颗粒在秋阳的照射下，皮色发亮，有着良好的透光性，里面的汁液有了喷薄欲出的冲动。这样的成熟感，恰有几朵在顶端开放的花朵，白色的一圈形成一个花环；这样的季节，有亮白色的花朵悄悄开放，给鸡树条的形象又增加了几分春日里的俏皮和生机。

和鸡树条同样再一次开放白色花朵的是红瑞木，红色的枝条已经缀满细小的白色珍珠样果实，原来稠密的叶子已经全部送给了秋风，枝条的红色越发鲜亮，白色的果实越发白净。和果实一样白净的是新发的三两朵新花，伞状的外形，白色的花序，独立枝头，有了亭亭玉立的挺拔感，是一种属于秋天的、干练的形象。

珍珠梅就没那么低调了，它在十月开出的花朵依然嚣张霸道，许多细小的花朵排列组合成一片，在一整张宽大叶片的护佑下，张扬地开放，吸引那些亮色甲虫在这花朵里上下爬动。这珍珠梅也动态起来、多彩起来，这样的盛开，完全是生长旺季该有的模样，完全忘记了这是十月。

现在才明白过来，花池里种植的这些不起眼的花是多么明智。紫色的菊花是矮株的，开出的花朵小巧玲珑，个头小不起眼，颜色深不起眼，等到开放了，却始终保持生命的旺盛，即便到了百花凋零的十月，依然自顾自地生长，自顾自地开放。在这样一个花期，小蜜蜂、小粉蝶总算找到了一个珍贵的蜜源，一个花池就是一片忙碌的采蜜声，这嗡嗡嗡的声响打破了十月的安静，制造了一个盛夏的繁荣景象。

美人樱粉色的偏多，雪青色的只有不多几棵，它的主干不强壮也不柔弱，但是能举着拳头大的一朵也算是拼尽全力了。这高举的像是一个重瓣的花球，在秋阳的照射下投下斑斓的影子，果然应了美人樱这样美丽的花名。

如果说，这些园林景观的花花草草已经有了秋天成熟的妩媚，那么在林地里，那些在十月绽放的新鲜花朵，会有娇嫩与野性混合的气息，在旷野释放。

阿勒泰野山楂树已是满树红果，在这个十月却毫不含糊地开起了野山楂花，这满树的野山楂已经是红得诱人，一串挨着一串在枝头散发诱惑的光芒。也许十月的秋阳，有着特殊的力道，竟然把这整片的野山楂树都施了魔法，这些山楂树一株接着一株、一朵接着一朵，肆无忌惮地开起了赛花会。黑蜂也晕了头，马蜂也蒙了，这样的季节，有这样成片的蜜源可以觅食，所有的小昆虫都有了春天已经来到的兴奋与激动，整个野山楂林子，此起彼伏都是各路采蜜的大军。

高大的刺蓟，从春天到夏天一路花开不断。十月的刺蓟，一柄茎干举着毛茸茸的子孙袋，散播着搭载飞羽的种子，一柄茎干托着刚刚绽放的新鲜花朵，紫色的艳丽，高脚杯的外形，这是春天和秋天的碰杯。

菊苣，在这个季节还不死心，还要来最后一波绽放。雪青色的细小花瓣，不起眼地在草丛中散发着春天的气息，在秋草黄熟的季节，雪青色是一抹低调的亮色。

蒲公英也不知道已经繁衍了几代，在这十月的美好里，刚吹送走的蒲公英种子才落地，这边嫩黄的花朵就已经开始接二连三地吸引小粉蝶的围拢。

十月花开，有顺着季节安排的花事，也有忘了季节，自顾自先开起来再说的当机立断，这十月的美好便照进了每一朵花儿的心里。

看，霜的力量！

又见霜来。在临近中秋的雨后，早来的初霜走过旷野，用淡然的白色勾勒植被的外形，用甜蜜激化沙枣果实进一步糖化，它还将加快催熟瓜果蔬菜的脚步，给它们相当的甜度，证明它们是接受过初霜洗礼的。

果然，当真，霜期随着季节更替，准时来了。

打霜产生霜冻，在脑海中成为一个固有的概念，原以为冻害是霜的一个很大的原罪。不承想，在霜凝结冰晶时，植物本身是会释放体内的热气的，霜本身的存在不会对植物造成冻害，而是空气低温造成的植物冻害。而霜的力量却在植物体内潜行，给秋天的果实一个熟化。

这就是经验之谈了，至于生活中，人们在储藏冬菜的时候，就会经验主义一番，总是会说，打过霜的白菜，好吃还耐放。其实对于所有能过冬的蔬菜，人们都将打霜作为一个标准来衡量此蔬菜是否有资格做过冬之用。

不管是青萝卜还是胡萝卜，从土豆到包菜，经过初霜的洗礼后再去采收，会得到消费者的认可，"这些菜是打过霜的"成为相互传递的有效信息。

在蔬菜体内，霜用力道将糖分析出，给了人们甜甜的滋味，这就是霜打过的冬菜受欢迎的终极原因。因为最终这些蔬菜要入口的，打过霜的好吃，没打过霜的不好吃，便在现实生活中立见高下了。

是的，霜的力量在记忆中再次翻找出来，很多储存了沙枣味道的人，都会在回忆中重新捡拾沙枣甜蜜的滋味，末尾不忘再增补一句："打了霜的好吃，甜甜的、水水的，被霜打得黑黑的，最好吃了。"

风把霜驱散的午后，秋凉直插后背，那些路过的沙枣树闪烁着果实的熠熠光辉。果实用细碎的光亮、饱满、圆润，吸引着、诱惑着过往的人。

那些白色的沙枣果实，已经被霜的力量注入黑色的液体，那是接近透明的黑色，经验这时候会站出来说话："快摘，快摘，这个甜，这个绝对甜，这个肯定甜。"随即摘下入口，果真是久违的甜蜜，一包汁液在舌尖浸润，这就是霜打过沙枣的味道！

那些本身在秋阳照耀下已经成熟的沙枣，用大红色承接霜的力量，那些经历霜作用的红色果实，糖分一再地析出，外表便光亮了起来。那粘手的糖液，在阳光的关照下，有了糖果屋的味道，甜味是看得到的意思，在枝头一再荡漾着笑意。

回忆总是甜蜜的，那些团场长大的孩子，见到了打了霜的黑屁股沙枣，口水很顺从地从意识里流淌出来。那么，从这个意义上来说，霜的力量就不仅是催熟瓜果蔬菜那么简单了，它还珍藏了时间的糖分在记忆深处慢慢析出。

看，温暖的霜降日！

霜降日是秋天里最后一个节气，有太阳光留置后脖颈的温热滑过。

老鹰绅士般占据天空的高处，向下盘旋着一丝悠闲，麻雀叽叽喳喳地抢食着秋天的富足。太阳正好，田野没风，各色植被按照自己的生长轨迹，义无反顾地向着秋天的最深处挺进。

冬小麦在这个季节蔓延着最新鲜的绿色，这是诞生于秋天的新绿，在光芒的照射下，有挣扎的新生力量，用通透的色彩向着地边推送绿色的渐变。

绿树叶是这个节气不常见的，一些今年春天才冒发的新杨树，在地边大树的身旁留下绿色的艳影，晃眼的绿色便使人有了盛夏的错觉。

甘草植株还幸存下来一些绿色部落，细条的植株装饰了尽量张开的绿色叶片，接续着秋阳纵跃的跳动。

浮萍的绿色中有浅黄在流动，一片涟漪可以荡开一圈凝重的绿色，重新凝结，再固定下来，把秋水的平淡无奇冲淡，然后，再浓郁地环抱了秋水。

几场秋风的缘故，那些绿色的树叶或者向着黄色渐变的树叶，取抽纸般一叶一叶地被秋风扯下，随手丢在了地面上，给秋天裸露的大地一个密致铺垫。

那些长相结实的树叶，终是抵不过秋风的撩拨，慢慢把黄色噙满，涂抹一树明丽的黄色，在光斑里发射耀眼的光束。

躲在枯叶里的小黄花，把茎秆的长度，压到最低，就着枯叶排列的反光板，把属于春天的嫩黄色浅浅地留了下来。

毛腊已经憋不住了，需要即刻自我释放。它放飞的种子羽翅停靠在任一处它能攀附的植被，它用重复裹挟，用白色勾边，把占有欲一再扩散。

这是芦苇怒放的时节，在地边是一丛，在水渠边是一片，连片的芦花有了乘风飘飞的小心思，用打开的姿态，迎接太阳再镀一层金色的光芒，有温柔在芦花顶部飘浮游走。

　　枸杞果实挂在枝头，闪烁红色的光亮，这是一个季节的延续，枸杞枝叶重新焕发新绿，捧出稀罕的果实。同样是红色果实的灿烂，阿勒泰野山楂，却有了软糯的清香味，密密麻麻地把枝头占满。

　　沙枣果实的色彩是多样的，白色的果实、朴实，黄色的果实、可亲，红色的果实、富足，只有那用秋凉的寒霜激过的沙枣，才会有黑色透明的模样，在枝头展示析出的糖分。

　　霜降日的色彩，各取所需，远处野鸭嘴里衔着夕阳的霞光，向着更远方飞去，它要去的地方也是秋天的深处吧。

看，重霜落深秋！

已是深秋，该落的树叶终将在这个季节落下，该开的花朵终将在这个季节闭合。清晨凝结的霜花，在广场绿地广为布局，各种植物有了霜染的模样，当真有了深秋的寒意四下里游走。

北美海棠仅有的几片红色叶片，捧着、接着星星点点的霜白，红色叶片越发深沉，白色霜粒越发幽静。小小的海棠果实裹上一层霜粒的甜蜜，便有了生命的厚重感，也让人误以为有了糖霜的甜蜜，在枝头自顾自地标榜。

沙枣树高大浓密，接收的霜花更广泛。那些沙枣树叶原本灰绿的颜色，用霜的力量一激，那是一种改变性状的冻伤，叶片透出被开水烫过的水绿色，有了接近透明的绿色在枝条上轻摇。那些沙枣果实没有在乎重霜来袭，依然是昨日新鲜饱满的样子，没有一点想变成包裹了糖浆黑色透明模样的想法。

大棵的树，也许，能早一点见到清晨第一缕阳光，霜花走过的痕迹浅浅的，就像霜冻从没有来过似的。

绿篱的顶端是一个平面，一个数不清的榆树叶编织的平面，在这里，有白色霜花镶嵌了叶片，在阳光的照射下散发幽冷的气息。一道绿篱，在清晨便成了绿色打底，白色倾覆的所在，一个立体的、结满霜花的所在。

那些在深秋依然散发着生命气息的鲜花，在低处用一盏一盏的花盅，盛满深秋的霜白。

紫色的菊花，小巧的花朵开得密集，一朵花就是一个新的造型，满池子菊花全都白了头，秋天的意蕴愈发浓重。白色的霜花勾勒了花朵的线条，还填涂了整个花池的空隙，一场重霜重新布局了色彩和厚重。

美女樱是娇嫩的，大朵的体态，娇小的花瓣，弱不禁风的模样，有了重霜的点染，花瓣不再轻盈，粉红色也在渐变，自有一段风情，诉说霜花的晶莹与通透。

那些飘落在草坪上的红叶、黄叶，也各自用自己的手段来承接霜花的降落，有厚重得裹满霜粒的，也有轻覆叶片轮廓的，轻霜或者重霜，落叶用侧卧或者横躺来演绎一场重霜来过的事实。

深秋，有叶落。深秋，有重霜。霜来过的日子，才是深秋走过的模样。

看，住连开始了！

植树植得正欢，忽然有一个去五连与八连合并的二连住上十天的消息，说的是，下午不用植树了，一直轮流的夜值也用不着了，现在就下去。

一直以来都没有时间去看今年收获庄稼的忙碌劲，咱们的职工却早已在自家门前竖起了瓜子山，还没仔细看黄叶飘落的轨迹，漂亮的秋树已经完成了"删繁就简"。刚好有这样一个机会，可以暂时不理待植的树木、待采的辣椒，以及其他作物，那就安心去吧，权当是连轴转的一个喘息。

去年还说，五连的办公条件变好了，再也不用冬窝子、夏窝子一直搬来搬去了，最起码，办公室外观看着好看与簇新了。办公室的屋顶还飘扬着10月1日的国旗，那个三套间办公室，里面两间是摆满床铺的宿舍，有人坐着、有人站着、有人走着，很有一种凌乱美。

业务办公室有了学校退休的高低床，三块铺板就是床的筋骨，把从小超市要的三片纸箱子铺上，再把睡袋和褥子铺上，一个住十天的窝就搭好了。

既然来了，那就是要同吃同住同劳动的，还管什么条件不条件的，客随主便就好。

来了，总要做点事情，一个应时的学习会在晚间准时开始，也就拿了准备好的学习材料，挑着读了读，刚好是学习的人能坐得住的时间。

来的都是熟脸，全都认识，这样的话，学习会的环境还算安静。

等学习会散去，聊聊当下关心的事情与话题，也就轮到该完成同住这个比较重要的事情。

暖气烧得很热，有三五只苍蝇会轮流起飞降落，给安静的夜一点静谧的聒噪。忽然想起来，房门时开时闭，会不会有小老鼠趁着夜黑，用缩骨功半夜在室内逡巡。

高低床碰了头，立刻就有了集体宿舍的感觉，熄灯后，吸顶灯还会泛着幽幽的光。脑海中是去年在五连碰到的人和事，心里却盘算着怎样去了解正处于有着较大变革的连队，干部的思想动态是怎样的，职工心里想着啥。

　　过了夜的12点，有彩色灯光在窗帘上旋转停留着光影，这是夜巡的民兵，其间伴着此起彼伏的狗叫声，越发显得夜的清冷与孤寂。

　　等红色蓝色醒目的灯光远去，只留下一盏长明的路灯安静地照着连队，等犬吠换作鸡鸣，上半夜也就过去了。

看，最后一场秋雨！

已经是九月底了，曾经艳阳高照的地方下起了今秋的最后一场雨，雨在半夜起势，不大不小地下着，不紧不慢地下着，大有绵延之势。整个秋季透明的蓝天厚重成灰蓝色，播撒着最后一场秋雨。

从昨天暴晒的被窝里爬起，不再贪恋好闻的太阳味，赶紧点火烧粥。北塔山出产的原煤在鼓风机的吹拂下，升起奶白色的烟雾，微风吹不散的炊烟曼妙地变幻着身影，雨雾中朦胧着温暖的气息。新近在收割后的大田捡拾的花芸豆，不仅有着漂亮的花纹，还有胖胖的体型，下到锅里煮成豆粥，细腻、光滑、柔润，它的美味也未必是国人个个能体会的。据地理学的记载，这里是距离海洋最远的地方，出产的花芸豆却能"辗转反侧"远离国人的餐桌，先奔赴天津港，由此走上欧美、日本人的餐桌。这就是外贸出口为导向的结晶。额尔齐斯河河水纯净、自然，太阳光照充分、高热，这片土地出产的绿色原粮高标准严要求。

这是一场及时雨，痛痛快快地把我的小院浇了个精透。西红柿的果实有青有红，黄色的花朵还在努力绽放，青椒大大小小地密布着，掺杂着细碎的白色小花，我很欣慰，这都是我的劳动果实。最近才撒下的菠菜种子、香葱种子已露出绿色的芽尖，这最后一场秋雨及时地给它们解了渴。这是我的秋播计划，等雪被一覆盖，来年就可以吃到最春天的味道。

感谢最后一场秋雨，让种大田的人们省去秋灌大田的费用，直接就可以进行秋翻。老天肯定知道，种大田的人们不容易，能帮一把就帮一把。

最后一场秋雨来了又走了，它的接力棒即将交付给第一场雪，届时，我依然会用北塔山的原煤取暖，用地产的花芸豆粥取暖。当来年春天，阿尔泰山上的雪水注满整个额尔齐斯河时，我的早春蔬菜就会如期光顾我的餐桌。

最后一场秋雨来了，又走了。我们还在四季轮回中或痛快或艰难地活着。

看，初雪迎面！

　　初雪，来时，所有在秋天展示的色彩，被迎面而来的初雪包裹，给这个秋天一个清醒的拥抱，还有眼前雪白和彩色的碰撞，在太阳光的照射下，散发着这个季节该有的气息。

　　一夜风雪紧。室内有了暖气的加持，西北风全是耳旁风。

　　早起，推窗，远望，草坪的绿色已经凝结成一簇簇白色箭镞。下雪了！今秋的第一场雪，就这样迫不及待地来了。

　　这是一场有备而来的初雪，门前，长廊上的立柱贴合着白色的雪粉，棕色的立柱有了白色的镶嵌，果然有了冷峻的模样。

　　门前的蜀葵还在做着最后开放的动作，张开大片的花瓣舔舐着糖粉般的初雪，有一丝丝清凉，还有一丝丝清醒。

　　移步广场绿地，蔓延的雪色装扮着绿地冬天的模样。

　　那一整张爬山虎，原本就是一个色彩浓重的所在，红色、绿色像瀑布一般宣泄下来。初雪来了，这色彩的瀑布落下初雪点点，一片叶子就是一捧这个季节的雪白晶莹，一场初雪的短暂停留汇聚到这色彩的大家庭里。

　　白色的草坪，亭亭玉立的白桦树，挺拔的白色树干，满树金黄的树叶，配合着树下一片雪白。这是合适的温度、湿度和气流的动力，混合了才有的景象。挺拔的白桦树，顶着阳光洒下的金黄色安静地站立，这是秋天的混合色，是一场初雪才能给出的视觉多层次。

　　那些还在开放的秋菊，一朵花就是一个雪球，它们的紫色和黄色隐藏起来。雪粉包裹花朵，一个个厚重的雪球，小拳头般的雪球，迎着初雪的凝结与释放。

　　那些成年大树，原有的树叶还在绿色和黄色之间渐变着，它们的努力方向是成熟的黄色，一场初雪的加入，大树的线条被勾勒得更加清晰。这白色雪粉的飘落，让大树的端庄夹杂了些许妩媚，很是动人。

那些还在努力盛开的刺玫和月季花，用自身释放的热量欢迎初雪的到来，一层雪粉，一圈冰线，一滴滴垂落的水滴，这些冰雪和水混合着、涂抹着、装扮着花朵们的娇嫩。太阳光线的照射下，这些大的花朵自身的色彩，在雪白和透明的映衬下，自有一段风流，留在雪天雪地里暗自释放或逗留。

初雪来时，叶是多彩的，花是娇艳的，此时的相遇是季节的安排，初雪迎面而来，世界待它温柔，给了它那么多的色彩速配，初雪当得起美丽和幸福了。

看，雪地博弈！

冬天来了没有，需要用下雪量来测算，当四野覆盖了厚重的雪被，冬天就算踏踏实实地驻足了。隆冬的原野，大大的、白白的太阳斜挂在半空，照射着刺眼的雪原，只有成群的麻雀不知疲惫地觅食，叽叽喳喳地用短促编织成絮叨，农田、林带、渠系不再用各自的平坦、高耸与深奥示人，一律披挂上洁白的冬装，平静、祥和悄然而至。雪原仿佛进入了冬眠。

它，今年新长成的成年男性野兔已开始独立生活了，它把它的主卧安排在渠系的底部，那里有斜坡滑落的细雪，天然形成一个雪窝子，这便成为它优良的避风港湾，它可以放心大胆地在这里栖身。离开这里不远，成年的杨树林里，一棵大树根部的隆起，那是它的行宫。当然，它还没有忘记在农田的入口处给自己准备了一处别墅，一座地宫似的别墅，农田开阔，适宜奔跑，最大限度地满足它的奔跑欲。它很满意它所有的三处居所的布局，它们形成边长为100米的正三角形。它在三处住所周围用它的四蹄来回踏跃了三回。它结束了秋天流浪的生活，开始踏实地在雪窝子里安枕了。它呼吸着细雪温润的潮湿，雪窝子温润着、潮湿着，在它鼻端上方修造出两个雪地通气孔，雪地慢慢地、慢慢地睡着了。

雪地白天的时光短暂而宁静，太阳没有升到树顶的正上方，就又开始斜斜地往山背后滑落下去，更短暂的黄昏来临了。它睡醒了，竖起耳朵听听动静，倦鸟已经回家了，那么就趁现在找点吃的，暖和暖和身体吧。它顾不上伸懒腰，从雪窝子靠渠帮子的一侧起身，绕了雪窝子三圈，上了渠道帮子顶端，往农田的开阔地而去。

它的三处居所都有着相对丰富的食材，不外乎落叶、野草根、秸秆，这都是居所的掩体，不到万不得已，它绝对不会用它们来解饿，农田里的食材虽然被大雪掩盖着，但是多跑几步，肚子还是吃得饱的。它欢快地行进在大田里，即将来临的黑夜是它最大的保护伞，它开始进餐了，强劲有力的后腿辛勤劳作，雪地露出了野草根，那是多汁的野草根，散发着野草的腥气，浓郁与热烈久久不散。它很享受这样的美味。

吃饱喝足，它警觉地回到主卧周围，转够三圈后，它钻进雪窝子，屁股一撅，耳朵支起来听了听，再仔细听了听，便又睡觉了。它的鼻子嗅着熟悉的细雪的味道，一呼一吸地在雪窝子顶部重新开出两个新鲜的通气孔。

天还没亮，雪地开始下起了雪，这雪不紧不慢、不大不小地下着，时间在静谧中流淌。二十四小时过去了，雪还是没有停的意思，它早就醒来了，雪花飘落的声音考验着它谨慎的听力。雪地里到处都是唰唰唰的声音，它决定就留在雪窝子里，哪里也不去，它早就想好了，肚子饿了就吃排泄的草根，最起码也算是对肚皮极大的安慰。它这样照办了，窸窸窣窣地排了便，又窸窸窣窣地吃了下去，它对自己所有动作造成的微小声音很满意，因为那声音类似于雪花飘落的声音。

四十八小时过去了，白白的、大大的太阳晃眼地照射着雪地，雪停了。它的肚子已经有饥饿的感觉了，但理智告诉它，今天不宜出门，尤其是白天不宜出门，这大雪后的雪地播放着危险的信号。果然，它听到有零乱而小心翼翼的脚步声，很显然，这是它最大的天敌出动了。

一个刻意压低的男人的声音厚厚地砸进它灵敏的耳朵："今年的兔子真多，你看，这么多爪子印，快找通气孔，兔子可傻了，找到通气孔，一棒子就把它打死了。"它屏住呼吸，它很庆幸，新雪的柔软与透气性，不用强力呼吸就有最新鲜的空气，小心翼翼呼吸造就的通气孔完全可以忽略不计。男人的声音离开了它的主卧附近，向农田入口方向飘去："一路下套，下密一点，明天早上就可以来取了。"它不敢再听了，它害怕自己的胆子会被吓破。

又一个黎明渐渐来临，它必须起来活动活动了，四肢蜷缩得已经接近麻木了，连耳朵也没力气硬撑着，它知道没有食物的补充，它的思维也会渐渐僵硬。耐不住食物诱惑的不止它一个，它自定义为年富力强的新生代，它的耳朵告诉它，那些年幼体弱的同类已经开始活动了，它的耳朵还告诉它，就在它别墅不远处已经有钻进二号铁丝的同类挣扎的声音；一个它说，出去活动活动吧，另一个它说，还是再等等吧。它的肚子不依不饶地催促着它早做决定，很显然，肚子最有发言权，它慢慢钻出雪窝子，按老祖宗的规矩在主卧附近绕行三圈，向大田腹地进发，那里有补充能量的食物等着它。

天渐亮了，昨天下套的男人开始大面积地收获，那都是些二等品的货色，男人的脸上显出了不甚满意的气色。当它矫健地在厚厚的雪地跳跃前进时，男人的眼前一亮，聚光灯似的眼睛发现了它。男人暂时放下了收获的二等品，大声地嗷嗷嗷地向它所在的方向高叫。主卧不一定能回去了，干脆就去杨树林里的行宫吧，那里有树，绕两圈，就完全可以在那男人面前消失了吧。新鲜的野草根给了它敏捷的思路，它跳跃着想早一点离开开阔地，慢慢地，它接近了树林，它感觉胜利在望。那人仿佛知道它的意图，迂回着退守进入树林的要塞，它开始分神了，正在它动脑筋重返大田那地宫时，那密密麻麻布下的套子收走它的后左腿，它本能地开始在扎进地下的铁钎子面前打转转，像极了一条被拴着的看家狗，只有狂吠与愤怒。男人脸上已经开始有太阳光的照射，他走近它，熟练地、快速地在它头上补了一棒子。它的眼角流出疼痛的泪水，嘴角慢慢地渗出血来，那是新鲜的鲜红，一滴一滴染着雪地的洁白，他嘴里骂了一句，俯下身子捡拾它的身体，他忽然又开始了赞美，真肥啊，分量可不轻呢。他完全把它提溜到了等腰的地方，它血红的眼睛认真地看了看正前方，比对着夏天与老鹰决斗时找准的位置。那一次，老鹰也是以胜利者的姿态扑向它，它在狂奔中立刻立定，老鹰扑了个空，又转身围剿它，它只有服软的份。它全身放松，等待老鹰扑过来，它平躺在草地上，就在两个身体即将接触的那一刹那之间，两条后腿用力一蹬正好命中老鹰的腹部，老鹰盘旋向上开始低空飞行，不一会儿就跌落在不远处，再也没有爬起来。男人摸着它温热的灰色的皮毛，弯腰将它的左后腿从套中取出，它没有犹豫的时机了。男人提着它的两只前腿，这样的时机太难得了，最要紧的是，男人留下的空当，正如老鹰致命的腹部。它拼出最后的力气，两只后腿向男人的腹部快速地蹬去，就在男人反应过来的那一瞬间，它的力量转移到了男人的档部，男人"啊"的一声蹲了下来，本能地就把它摔在了雪地里。

　　雪地依然温润潮湿。太阳大大的、白白的，斜斜地挂在半空中，男人的呻吟荡漾在空旷的雪地上空。

　　它慢慢僵硬了，眼泪已结成了坚硬的冰，嘴角的鲜红不再，雪地依然洁白，映衬着那一片黑红色、干裂的血迹。

看，取暖！

在寒冷的地方，取暖是保证安全越冬的大事情。虽说取暖方式经过历史演变逐渐向热力公司统一供暖这一大项靠拢，但曾经还是有多重形式并存的取暖方式的，它们就在我们身边。

近日，上门为老邻居安装数字电视，看见老邻居家正面墙上挂着两幅集体照，一张是某军区战友四十周年合影，另一张是某军区战友四十五周年合影。这是一群最早来到这片蛮荒之地开垦的人们留给岁月的集体照，从他们到来的那一天，配合一纸命令，便是团场创建的起始点。岁月就是这样让人一挥手就不见了的东西，这些昔日意气风发的男女青年，转眼就变成了白胡子老爷爷、弓腰搭背的老奶奶。从合影的先后顺序来看，照片上的战友人数是呈递减形式排列的，岁月不饶人，真不知道，这批老战士还会不会来一张五十周年的合影。

老人是为大儿子办理数字机顶盒的，大儿子和团场同龄，一直在来回地换着工作，生活过得动荡不安，在老人的招抚下又回来了。老人想着老伴是肺气肿，冬天气短得要紧，想赶紧买套别人住过的旧房，好让老伴也享受一下集体供暖的热乎气。这套平房就移交给大儿子居住，自打退休后，老人炊事、取暖用的燃料，全都是自己打的柴火。他家狭小的院子被一座整齐的柴火山大面积占领，每一根柴火都被锯成刚好可以放入炉子的大小，捎带着还准备了两口袋引火专用的毛毛草。

这片土地的第一代人一直是克勤克俭的典范，虽说每一位退休职工每年都会有烤火费准时到账，这烤火费的多寡足以支付购买煤炭的了，但还是有很多的老职工一直保有打柴火的传统。一座座柴火山坐落在小院里或院门前，远观蔚为壮观，那都是退休后的老人们创造的新业绩。也有住上楼房的老人，搬家之时，不忘把辛苦积攒的柴火搬进新家，在阳台上起一个柴灶，让柴草发挥余热，做饭烧水过日子。

往前推，那时的人们完备创建节约型社会的思想，为了过冬取暖，工余总是上戈壁滩打梭梭柴，尽可能节省买煤炭的支出。那时，团场还有木材加工厂，锯末属于边角料，也对外出售。积攒了一夏天的锯末在厂区内是一个庞然大物，但冬天来临之际，这遮天蔽日的锯末堆就会一再减少。我家的一位友邻是大锯班拉大锯扯大锯的，我自记事起，从没见过他家买过一粒煤渣，但冬天他家很暖和，他家取暖全凭锯末效力。烧锯末是一项相对需要一定技术的活路，一个是在火旺烧时，千万小心别把火墙烧爆了，一个是保证锯末安全过夜，第二天爬起来，还可以保证炉内的锯末薪火相传。

说到火墙，这是一项区别火炕的取暖设施，它的热力散布类似于欧洲地区的壁炉，可以使房间的空气随着炭火的燃烧而变得温暖起来。大炕则不同，只把温暖传递给炕面以上的部分空间，如果要扩大用暖面积，那火炕就基本上能把人的屁股肉烫熟了。所以有一个山东籍职工，来到这里后学会了打火墙，口口声声说要把这项技术发扬光大，等退休回山东后，在家里砌上火墙，暖暖和和地过冬。转眼他退休了，没回山东定居，却搬进了新楼房，享受上了统一供暖的好处，渐渐淡忘了火墙的种种好处。

世间的事大抵就是这样的，很多事情随着时间的推移，促使我们贪恋淡忘，时至今日，会砌火墙的手艺人也垂垂老矣，新生代断然不会这样的手艺。这项曾备受关注的取暖设备随着楼房大面积袭来，也渐渐淡出人们的视线。

看，太阳雪！

　　新的一年开始，不用多想，肯定有不少的节日祝福等着我。赶紧打开电脑，登录QQ，一轮金色的太阳高高地悬在消息盒子上方不停闪烁，这一轮大太阳是实时的天气预报。新的一年，新的一天，有这样一颗滚圆硕大的太阳高悬，新年美滋滋的心情便愉悦升腾开来。

　　冬日，清晨来得比较晚，冬至过后，天渐渐长了起来，等阳光洒在房间的一角，推开屋门，瓦蓝的天空下起了难得的太阳雪。

　　实时天气预报并没有和我开玩笑，一颗洁白的大太阳真实地挂在天际东南方的树梢上，光晕慢慢散开，开朗中带着浅浅的笑意，就像清晨起来一见面的微笑。地面上平摊开一层薄而虚的雪花，质地蓬松柔软，总给人以轻柔的舒适与温暖。体态轻盈的雪花漫不经心地一丝一缕地下着，透过迷离的雪花的裙裾，可以看到七彩水晶般的光泽照耀着小镇。

　　一冬静穆的老树，枝枝丫丫上随意飘洒了雪花，老树便灵动了起来，仿佛换了节日盛装的圣诞老人，长者风范与顽童的俏皮融于一身。屋顶的彩瓦已然覆盖了一层厚厚的冬装，太阳雪轻盈地飘过，便把沾满七色阳光的纱巾拢向它。经历过春夏秋冬四季轮回的建筑物立刻妩媚起来，仿佛待嫁的新娘，动人处恰恰在于不经意流露出来的娇羞。阳光加大了灿烂的力度，太阳雪不紧不慢地下着，跟了行人的脚步，仿佛跳着慢摇滚，动一下，那是在舞蹈，不动，那是在沉醉。旷野里，牧人背了手悠闲地用目光放牧牛羊，远望，仿佛是一幅静止的油画，太阳雪若有若无地飘洒着，牛羊慢条斯理地在寻找食物，更多的时候，它们倒像集体结伴出游，该小憩时小憩，该赏景时赏景，寻找食物忽然变得不那么重要了，太阳雪和牛羊都极享受这慢生活的节奏，各自随心所欲地慢着。太阳继续南移，蔓延的光亮点缀着一片片雪花的晶莹，太阳雪迎了上去，它想把这美丽无限扩张，于是变着法子将自己的身形放大，好接受更多冬日阳光的抚摸。

晴朗的天空下起了太阳雪，这里的冬天应该不是你想象中的模样。在这里不仅可以享受到阳光的普照，而且还可以欣赏雪花的曼舞，冬日的壮美正交由太阳和雪花共同打理。如果运气好的话，你还可以和漂亮的太阳雪来一个不期而遇，那就是冬日的脉脉温情了。

看，上冻！

在无霜期短暂的地方，轻霜来得比较早，它一来，作物便自动停止生长，时令逼迫人们把在地里面辛苦一年的劳动成果早点收回家。重霜来了之后，收获的作物在大自然的作用下，晾晒变得困难起来，用上十好几天也未必能达到收购方要求的标准，接踵而至的便是上冻了。上冻是秋天与冬天的界别，一上冻就标志着冬天真正到来了。

怕上冻是整个秋天使用频率最多的一个词。秋天，晾晒作物的农人，在晒场旁搭建了简易帐篷，守着自己的劳动果实，期盼着太阳播撒阳光的时间再长一点，力度再大一点，但很多时候事与愿违，秋天的风与雨结伴前行，它们共同遮蔽了太阳光，在整个秋天占据着主导地位。它们遵守并秉承有霜期的规矩，时不时地用自己的力度把快要上冻的消息带到任何一个人们活动的角落。

迟种作物躲得过春寒，却躲不过秋冷。一个分配了盐碱地的承包户，地块有60亩，因为地里泛碱，每年都是春小麦与油葵轮作。油葵相较小麦的收入略高。因为盐碱的作用，他必须躲过春天泛碱地像沼泽一样翻浆的时期，这样一来，播种就拖到五月中下旬了。还好，油葵的生长期相对较短，不种油葵，别的作物在短暂的无霜期的笼罩下，根本不可能成熟。盐碱地有自己的规律，在夏季太阳旺盛期，它的势力逐渐减弱，没有出苗的地块还要点种，秋天能成熟几分算几分。

秋天被轻霜赶到人们面前的时候，秋作物就要收获了，作物停止生长是一方面，利用晴好天气晾晒劳动成果是关键。农副产品收购价格也是爱添乱的家伙，早种、早熟、早收、早晾晒的农产品，总是能尝鲜，趁收购前期价格高抬的时候卖个好价钱。针对那些迟来的农产品，收购商们就像一个个刚吃了饱饭的饿汉，挑三拣四地压着价格，理由充分而实际，"好好晒，不干"。所以说呀，好事趁早，在春天躲地里泛碱抑或躲避夏日干热风都很正确，但是年年就有躲不过的秋风秋雨愁煞人。

一个多年前退休的农工，对提前上冻至今耿耿于怀。那是20世纪90年代末的秋天，他把打瓜子刚拉回家，瓜子上还残留着瓜汁儿、瓜肉、碎瓜皮，他拉开架势准备晾晒，老天上冻了。他这一批瓜子完全没见过太阳，连冰带水地就迎接了上冻。恼火是必然的，因为这严重影响农产品的出售，幸运的是，就有收购商低价上门承揽这活路的。最后这批结冰的打瓜子以一元两角五分钱每公斤的单价成交，能卖掉就算好的了，成本能回来多少是多少。他说，他害怕提前上冻。

玉米是标准的秋作物，玉米的晾晒也在和上冻较劲，一家农户种的专供爆米花用的玉米，在上冻前已经完全没有晒干的可能了。收购商的意思很明确，收玉米穗呢，每公斤是2块钱，收玉米粒呢，每公斤是3块钱，这是一个二选一的问题。农户不想和即将上冻的天气较劲，痛快地选择了2块钱成交，装袋运走，玉米芯也不要了，只要人民币早点到手就行。大家都知道这一上冻，啥都耽误了。

秋天，人体容易感知秋燥的来临，一个机车手内火旺盛，上火了，牙疼就医，仅仅输液一次。他在牙疼有所缓解的状态下，立刻投身到秋翻作业里去了，他彻底怕了上冻了。有一年，上冻来得早，加之下了小雨，地里结了冰，他还必须秋翻，他说整死人了。时至今日，他可再也不想在冰上作业了，牙疼不要紧，等秋翻结束了再去挂吊针吧，牙可以耽误，时令不等人啊。

播种、灌溉、收获、晾晒，这就是作物的作息时间表，上冻，就意味着漫长冬天的开始。对农人来说，等到上冻了，一年辛苦的农作物还没有出手，那就是比较头疼的一件事了。

看，头雪盖地！

头雪盖地，不仅是为了让即将来临的立冬节气在外表上拥有冬天的风韵，更重要的是，头雪够分量的降落预告着额尔齐斯河流域新一年的来水丰沛否。立冬之前，头雪光临，正应了立冬问苗的古俗，那么有了今冬头雪的光临，立冬问苗便有了着落。

冬季，天短夜长，天还没有大亮，太阳懒懒的，扭捏着，不肯在灰白色的云团包裹中苏醒。临近立冬的前两天，雪在早间起势，陆陆续续用一个白天的时间播撒下事先准备好的雪量，把整个天地间粉刷成统一的白色。

一滴雨从天空努力地滑落，再一滴接踵而至，地面可以看到它们一点一滴地跌落，它们用运动轨迹醒目地昭告着人们，它的到来是有预谋的。接下来是混合了雪粒的大颗雨珠结结实实地从天而降，地面上开始有了白色雪沫散布。地面的湿气接纳了雨雪混合的白色，空气中的潮气洇湿着白色，那灰白的云团抖动着浑身厚重。雪粒逐渐占了上风，浸湿的地面不得不在短时间内把白色铺展开来，雪在天空中孕育，随后蜕变，当地面的白色战胜洇湿，属于今冬的第一场雪总算痛痛快快地诞生了。

诞生后的头雪，就这样漫不经心地从空中蹁跹而至，它的方向感很强大，在没有一丝风的干扰下，垂直向下就找到了先行雨滴的足迹。它一片或者一粒地变换着身影，一再地对地面进行着覆盖，地面上的植物与建筑物一一被收入囊中，白色忙乱地点染着冬天的大地。

随着灰白色云团的持续抖擞，分批次抖落了身上的厚重，云团变得轻盈明亮起来。太阳没有理由再躲懒，半遮半掩地露出了头，直到天渐青、云渐淡，天空明朗起来，那雪才渐渐收势。

雪在午后的第二阶段再次袭来，重复出现第一次诞生时的姿态，它混合了大颗的雨珠奋不顾身地向指定目标砸了下来。蜕变是一种渐变的方式，雪粒弃了雨珠的陪伴，大把大把地从空中揉搓着泼洒下来。一不小心，微微倾斜的冬风也参加了进来，细小的雪粒急促地降落，雪地上已经有了清晰的欢愉声，那是一声接一声雪落地时的唰唰声。在空中诞生的雪，随着时间的脚步渐渐长大，当风势从稍强到不强，再到低弱，单体的雪粒也随着慢慢长大。多个雪粒结合起来，长大了，丰满妖娆，长成了漂亮的雪花，在空气的托举下优雅地落下。地面接过云层的厚重，接纳着白色的层层叠加，大地被白色完全统治了。

这是额尔齐斯河流域垦区的第一场雪，它的诞生正当时。它铺天盖地地光临，使立冬的问苗古俗不虚此行，因为问的是来年庄稼的丰歉，头雪盖地，那么接下来整个冬天的雪量必然小不了。对于靠阿尔泰山积雪融水成长的额尔齐斯河来说，它必将会在来年激情荡漾、丰满地走过垦区的渠系、大田。头雪普降，掀开了灌溉农业生产来年的前瞻与兆头。

那么，头雪下吧。

看，雪在旷野冬眠！

雪一场接着一场降落，雪将在旷野越过为期五个月的漫漫冬季，厚重的雪毡将旷野封存，旷野进入了一年一次长长的休耕期，雪在这里的旷野开始了它的冬眠之旅。

立冬前后的天空变得忙碌起来，今天一场北风从西伯利亚吹袭而来，明天空中就有雪花来散步，或大或小的雪花或急或缓自由下垂，向着旷野或轻或重地走来。天空在冷空气的运作下变成了一个巨大的播撒器，一场次接着一场次泼墨般的落雪，将纯净的白色赠予了无边的旷野。

无边的白色，寂静而深沉，望不到尽头的白色，透明、干净地从眼前一直延伸到视线的尽头，连片的条田内含的高包地、凹地、戈壁石全部都在雪的覆盖下，被统一成白色而平整的旷野。农田四周的防护林，已经将最后一片树叶交给了强劲的北风，庄严而精干。这大都是团场初建期所植的防风林，白色的躯干上布满了岁月留下的老人斑样的深色印记，被雷击、自动枯死或被动病死的老树也忝列其间，依然站立着，还想为了它们最初的使命做最后的站立。它们最初的使命是什么呢？只有一条，那就是守护农田，将强劲的风势挡住，让地里的庄稼可以顺利完成一年一季的生长。

因为风吹雪的频繁造访，排碱渠变得不再那样宽与深。此时的芦苇变得消瘦与矮小了起来，尺把长的叶子卷曲着，以此来御寒，但在整个白色的世界里，芦苇的金黄色在冬日里显得弥足珍贵起来，它用摇曳的身姿妩媚着白色的旷野，显现着灵动与美好。沙枣树是坚强的，悬挂在枝头的枯叶并没有把北风放硬，但是果实的味道依然是甘甜怡人的。

积雪封存的东西太多太多，大雪把旷野的枯草也全部掩盖了起来。牧羊人赶着牛羊在雪地里艰辛地慢行，高出雪地的枯草茎叶成为牛羊唯一可以选择的食物，但是这需要它们去找寻。雪地上留下一串串脚印，梨涡般的点缀着厚重的雪地。远处的牛羊静物般地闯进这沉寂的旷野，旷野敞开胸怀接纳着它们，尽可能地让牛羊觅食这冬季的枯草，春夏秋冬所有的生物都是旷野在默默地负重。

　　雪在旷野驻足、冬眠，它给旷野带来的不仅是朴素的白色之美，更多的是，它可以悄悄地将越冬的害虫、植物病害尽可能地带走，最大限度地给春播前的条田一个好的底墒。那么，就请冬雪在旷野冬眠吧，等到春天到来，它自然会化作生命之源滋养着旷野的生物们。

　　雪睡着了，就让它在旷野冬眠吧。

看，雪掩柴门！

在团部的一隅，裸露的生活痕迹漂浮在积雪的表面，那是生活在危旧房屋的住客们留下的印记，他们生活在几十年前建造的土块房子里，用生活的艰辛接受着雪掩柴门。

这是一片具有鲜明时代特征和历史痕迹的居民点，实土翻打的土块做墙体，圆木成梁，细木为檩，铺盖上成熟芦苇扎制的苇把子，再用草泥抹上厚厚的一层，安装上实木门、实木窗棂，这就是团场早中期典型的营房。几十年前，就是这样的土块房子留下了多少建设者在此创业，在这里诞生了多少个团场第二代，曾经的岁月给住过这土块房子的人们留下许多暖意融融的回忆。这土块房子，经历了岁月的风风雨雨，一如最初建造它们的人一样，时至今日，已然垂垂老矣。

前一段时间，为了怀旧，特意去这土块房子相对集中的片区拍一些带有历史痕迹的建筑物。在QQ上晒照片时，曾经在团场生活过的人围观后，断定这土块房子肯定是空置的，绝对不会有人居住。我依据烟囱正在冒烟，外窗裱糊了半透明的塑料布，而且塑料布有着冷热蒸汽交替时留下的新鲜水迹，判断这些外表东倒西歪、低矮残破的土块房子绝对是有人居住的。一直没有机会走进这一扇扇柴门，住在这相对古老的民居里面的会是些什么样的人呢？他们的生活状态是怎样的呢？

基于表面的认知，我一直主观断定居住在这片的居民毫无疑问是外来人口，他们应该是在团场以打短工为生的。不承想，一次家访式的串门，一下午把各种各样的住户都在眼前扫描了一遍。很显然的，这里的住户不仅有外来的新住户，还有着为数不少的老住户。

印象中的土块房子始终停留在记忆深处，它虽然低矮，但自诞生之时，墙面总有白色的石灰粉刷，报纸糊就的顶棚。白天的太阳光从窗户照射进来，屋内完全可以说是亮堂的，时间在土块房子的外表划过，留下了破败与残旧。那么屋里是不是会好一点呢？在午后晴朗的冬日里，在白色积雪的映衬下，满眼的阳光，白花花的亮，走进一户人家，黑咕隆咚立刻包围上来。黑色的墙壁、黑色的顶棚、黑色的地面，硬生生地闯进眼帘，这就是我记忆中的土块房子吗？白色的霜花在黑色的墙面上发出金属般的亮光，从屋顶向墙面自上而下做着不规则的铺展，那是屋内水汽凝结的、有人为力量的室内冰霜，就是它在黑暗中给人以扎眼般的光芒。霜花开得最繁盛的当属后窗户的小型玻璃上，寸厚的雪霜图绝对不是油画刀所能刻画，墙体开裂处向墙角蔓延，到了黑色的地面终止。这就是我天天生活的地方的一部分吗？

走访了几户外来住户，他们的身影千姿百态，有搭梯子上屋顶疏通烟囱的，有院门紧闭出来对话的；也有扎堆取暖的，一张双人床上安坐着四个女人，一张棉被平铺开来，盖住她们的身体，她们手里拿着针线活。目的只有一个，那就是御寒，以这种保温式的御寒来节省煤炭。

老住户也好不到哪里去，总之，白天的采光只能看到豁牙的口舌翻动，或者是浑浊的双眼有着微弱的亮光，这是一批退休后独自过日子的老人。其中，有一户老太太有着浓重的苏北口音，不用问就知道，这是1959年的江苏支边青壮，时隔半个世纪，青壮已是暮年。她自述，老头子先走了，八十岁的她一个人过。

她的自述不喜不悲，她知道来人的意图，就是告知她，她现在居住的是危旧住房，随时都会有墙裂屋塌的可能，尤其是在雪量很大的冬天。她只是张了空洞的瘪嘴，点着头认可。

雪，在冬天会时不时地会敲打着土块房子的门窗，风吹雪会在墙根堆积，住在这里的人们还会按部就班地活下去，雪掩柴门，唯愿安好吧。

看，年饭也集锦！

在中国有这么一个地方，每当过年，不同地域的美味会集体亮相，集合全国各省份年饭特点的美食纷至沓来，这是一个怎样的地方呢，它怎么会集纳汇总那么多地域性的年饭呢？追本溯源，那是全国五湖四海人聚集的地方，那里的人们将来自家乡的年味裹挟而来，于是就有了这年饭的大集锦。

20世纪70年代末80年代初，团场的人员流动趋于平稳，来的基本扎根了，想走的，政策还没有大规模放开，于是居家过日子就比较四平八稳，对于年饭的准备也是上心的，总想在过年期间把老家的味道挖掘出来回味。于是，团场各家各户的年饭就有了许多内容与形式上的不同。

那时候，上海支边青年保有量基本还没变化，上海人对吃还是比较精细的，他们不会包北方的水饺，但会包馄饨，会包汤圆，当然，也会有豆沙包，这都算主食系列了；至于菜肴，他们会包蛋饺，这就颇具江南地方特色了，当时觉得这样的食物制作出来是多么神奇。但在江南，蛋饺却并不是什么稀罕物，小菜场里就有包好的蛋饺出售。我在20世纪90年代还专门参观过蛋饺制作过程，原理很简单，混合了鸡蛋与鸭蛋的蛋液在有适当温度的大勺子里形成一张皮子的时候，放上馅料，用筷子一折，周边黏合了，一只蛋饺便诞生了。记得一位上海知青当时很思念他老妈以及他老妈腌制的咸鸡，他说，入冬把整只鸡腌进缸里，过年的时候拿出来蒸来吃，很鲜的。他说得没错，咸鸡确实很鲜，20世纪90年代，我在江南时，来了朋友，我也会用咸鸡来款待他们的。

山西人则注重面食制作，包各种馅料的饺子成为忙年的一项重头戏。当然，河南人也包饺子，他们称饺子为扁食，他们的制作相对快速简单，每只饺子成型后，基本都是扁扁的，站不起来。而山西人包饺子，首先在语言表达上就不同，他们称包饺子为"捏饺子"。首先，是用拇指与食指捏边，基本成型后，再整体挤捏一下，使饺子边的黏合更加牢固，同时在挤捏的过程中，饺子的中部会鼓起来，于是便会稳稳当当地站立了。再看苏北人士，苏北因地处稻麦轮作区，他们包的饺子会有荷叶边，会有元宝形，看起来很养眼。这里冬季漫长，包饺子很多时候是一种小范围的集体作业，小批量生产，然后进行天然冷冻，再装进白色的空面粉口袋里，随吃随取，很是方便。那时候的面粉口袋还是棉布的，环保且安全。家家户户都会有那么半口袋冻饺子是为年节准备的。

把主食冻起来的远不止饺子这一项，甘肃人会折两只耳朵尖尖的"猫耳朵"面食，他们比较喜欢吃汤饭，尤其是碎肉丁做的"猫耳朵"汤饭，碎肉丁会钻进"猫耳朵"里，这就比较有创意了。准备半口袋冻起来，来个人啥的，水烧开了，可以速食。他们做的麻叶子是过年备下的油炸点心，形象色彩都很好，如果加上香叶，那酥脆与咸香是会勾人的。山西属于馍文化，蒸些枣糕过年是一项传统，在这里的山西人会把枣糕一直从初一享用到十五。

中南以及西南嗜好腊味的人们，会拿出回老家探亲时带回来的各色腊味来待客，也有自己制作的，尤其是自己养鸡养鸭养猪。四川籍人士，杀了猪先灌肠，全手工制作，把猪大肠、猪小肠用水洗过多遍，再混合了面粉揉搓去腥。四川人对于猪肉食品的制作可谓登峰造极，水晶肉、夹沙肉、扣肉、回锅肉，能勾起腻歪的馋虫一再复活。湖南、湖北的两湖人家，会拿出积攒的咸鱼、咸蛋、松花蛋过年，自己动手制作的和老家带来的各占一半。

很多食品需要自己亲手制作，比如豆腐。人们买了袋装的豆腐粉，自己在家熬制，冷却成型；同样需要自制的，还有凉粉，这都谈不上高难度，但多少丰富了年饭餐桌。另外再备下午餐肉、水果罐头，这样的年饭就越来越靠近豪华了。

当然，来到这里便要入乡随俗，牛羊肉随即大量启用，很多人很怀念那时候煮肉时散发的香味，毫不夸张地说，前后排的人家都能闻出是谁家在煮肉。现在的动植物都加快了生长步伐，肉再怎么煮也不会有大范围的香气四溢了。更具地方特色的就是冷水鱼了，在额尔齐斯河的哺育下，廉价的五道黑、狗鱼是可以敞开来享用的。

这就是团场的年饭集锦，各色携带着家乡信息的食物会在过年这个当口走上餐桌，慰藉远在边陲的团场人。这有着全国各地滋味的年饭，调理着最多元的年饭，伴随着这里的人们过年，同时也过着岁岁年年。

看，融雪季节！

推开门即见绵延的阿尔泰山环抱着北面的地平线。阿尔泰山通体散发着青蓝色的柔光，山顶匍匐着终年积雪，远远望去，只有山与天际交汇的一大片白色，分不清是雪，分不清是云。就是这样一座山，跟随了春日暖阳，又迎来了一年融雪季节的到来。

已是雨水节气了，雪山接受太阳甜蜜的拥抱，向阳的慢坡小面积的雪在松动，仿佛冬眠的动物在伸懒腰。融化的雪水一颗又一颗地顺了山势滑落，像不忍心离开般，在雪地上开出一道道雪痕，往山下缓慢地进发，那里有一条河流正耐心等待着这一滴又一滴的雪水的加入。

额尔齐斯河河水自阿尔泰山而来，这是一条高山融雪性的河流，它经年平静地流淌在垦区，灌溉着农场、草场、林场，流经的地方就是生命生长的地方，逐水草而居的人们因它的哺乳得以繁衍生息，这是一个最原始的生态链，太阳、山、雪水、河流、土地、生物。一年又一年，周而复始地复制着生命的信息。

额尔齐斯河很大程度上是这片流域的主动脉，脉动里淌过的就是一次又一次经太阳激发的雪水，那是滋养土地的有着生命信息的雪水，掺和了父辈青春岁月的最年轻的脉动，用原始的镐、钎和抬笆子开出了河水欢流的干渠、支渠、斗渠，向戈壁滩分发着宝贵的雪水。

总有外地的朋友问我戈壁滩到底是什么。书面解释就是荒漠、半荒漠的意思，我眼里的戈壁滩其实就是石头蛋和石头蛋谈恋爱的地方，而且是密集型的石头蛋，漫无边际地谈恋爱。可想而知，这是怎样的一个场景。父辈把河水引进戈壁滩，有了水就有了生命，河水流经的土地开始了春天的生发。戈壁滩长庄稼了，从此戈壁滩就开始叫绿洲了，那是农场、草场、林场共同编织的绿洲。

融雪季的到来，催促着农人们开始干活了，他们一碰面就商量着地里的雪什么时候能化完，机车什么时候能下地作业，还没有出手的旧年的农产品再也不能压着了，该出手时就出手。屋檐下的冰溜子已经挂不住了，天气暖和了，农人的心思全都放在地里面了。

融雪季节就这样坚定地向人们走来，给人们捎来关于早春的消息，这片土地生产的作物因了高热太阳的关照与雪水的灌溉，总有品质纯正的美誉。这是有关生命、生活的好消息，到时候，额尔齐斯河河水就会在农人的庄稼地里一直流淌到第一片雪花诞生。

看，三分秋色让于冬！

今年的天气总是充满变数，从低温的盛夏开始，一直到上初霜冻，气温低沉着释放冬天就要来的讯息，直至一个月前，狂风裹挟了大雪而来，仿佛冬天真的来了。不承想，老天开玩笑般把秋老虎的弟弟秋小虎又放了出来，一个月的时间，秋延后的三分秋色都赋予了这迟来的冬天。

一个月的时间能干什么？一个月的时间能干很多事情，在这一个月里，该翻犁的土地翻犁了，候鸟式的季节工返乡了，平时禁足的大田可以让牛羊自由进出。这是季节的一个过渡期，一个秋天向冬天渐变的过程。

大型的候鸟在这个时间段早已飞向南方，剩下麻雀叽叽喳喳地在林间或草地上成群结队地飞过；新开挖的排碱渠，地下水会冒出来，形成一弯浅水，供蓝天、白云随时过来形成美丽的倒影。停水后的河流里停留着小铅笔头样的鱼群，捕鱼，当真是一个好时机。

留着麦茬的大田依然有着鲜艳的绿色，跟着齐刷刷的麦茬一起齐刷刷的是秋天的麦苗，这是收割机抢了播种机的活，硬生生就让大田里长出笔直的麦苗。掐指一算，它们是该到抽穗的年龄段了，果真就有麦穗零星点缀其间。这样的麦田，年年冬天都有，如此张扬地生长，很显然，是这一个月适宜的气温成就的。

渠系旁，终究要老去的芦苇灿烂地活着，捎带着还会在根系旁冒发出新绿，一丛丛本该隐藏的新绿竹笋般坚挺。一干不知名的野草，顶着白色的寒霜不管不顾地也钻出头来，试图用绿色试探一番，看看到底是秋延后了，还是春来早了。

本该早早就忙完的地里，捡拾玉米棒子的人会跟在打捆机后面，去捡拾遗落的玉米。玉米秸秆四四方方地躺在大田里，总有丰收的余味在回荡，这时候为牛羊备下些冬天的口粮也不算太晚。毕竟在大大的太阳指引下，牛羊可以自己觅食，这些成捆的秸秆，可是冬天应急时才启用的战备物资。

遗弃的辣椒地，整片整株的辣椒依然站立，辣椒叶片走失后，火红或者发黄或者惨白的辣椒果实，缀满整个发散的枝条。

天气预报说今天小雪，明天雨夹雪，后天雨夹雪转小雪，一个月的时间过去了，警报并未解除，及至小雪节气小雪并不见踪影，秋天真的延后了……

今年，依照时间表，本该是白色琉璃世界的时间段，秋冬接力之时，忽然取了这三分秋色来，这还需要调整心理来适应。但不知，这个冬天会不会和低温的盛夏来一个遥相呼应，迟迟唤不来更加多变的春天。

看，渐变的年下习俗！

在这里，汉族人过春节，虽然多少带着自己原籍的习俗，这多形态的习俗，经过时间与地域的一再融合慢慢自成一体。随着时间的变化，这团场人的过年习俗也随之悄然发生着变化。

说到写春联，原来自己也会动用臭烘烘的墨汁，抓了毛笔胡写一番，就是一些喜庆的小纸条也要写上一大堆，满满的祝福把家里的空间贴得花里胡哨。面缸上贴上"五谷丰登"；外墙上贴上"春光明媚"。在院子里的手压井出水口贴上"汩汩"二字，这个倒是应景、贴合的，在没有自来水的年代，不期盼手压井汩汩冒水，咋有水用呢？再在鸡圈门上贴上"六畜兴旺"。

现在谁还有心去写春联啊，在地摊上买上一副春联，胡乱贴就行了，有些人家，几年来没有换过春联。想来是可以不换的，楼道里又没有风吹雨打，几年下来，春联还是光洁如新的，就连上面的吉祥话儿也是无须变更的，除了"平安"就是"发财"。

接下来是准备吃喝，原来的饺子馅都是自己剁的，现在的饺子馅都是绞肉机绞的；原来的大块肉食都是自己卤制的，现在拜托卤肉店的比较多；原来的馒头是自己蒸的，现在的馒头都是直接去购买的。

原来过年，爆竹的种类很少。记得有一年，团场还组织放烟花，天寒地冻，燃放时间短暂，但观赏性极强，大型的烟花可以制造更大的声响，可以变出美丽图案，雷鸣闪电般照亮整个漆黑的夜空。这样的群体活动，在现在的节约型、环保型社会里不大会看到了。

原来过年，到了大年初一，熟人之间是要相互去拜年的，成群结队、进进出出，炒热了节日气氛；茶水就在炉子上蹲着，随时都有热茶喝，喝茶的杯具是玻璃的，上面有富贵牡丹、喜鹊登梅幸福来的图案。现在来客一律纸杯伺候，初一登门拜年的人也少了。

正月十五，原来也是要正儿八经地过的，吃，倒在其次，扎制灯笼是要当任务来完成的。拿出竹篾来，自己动手扎制灯笼，要么是用粗铁丝连接成圆形、菱形、长方形，表面糊上彩色纸，一个纯手工的灯笼就诞生了。家里有条件的，直接用细一点的钢筋焊接而成灯笼骨架，这个可以多年使用，只要换换外表就行了。

到了元宵节，还要把各家各户的灯笼拿出来比一比、赛一赛。那些有嫦娥奔月的、有小白兔造型的灯笼，得到夸赞的机会就比较多。现在谁还自己做灯笼玩啊，就是要挂，买一个现成的就应付了。

猜灯谜也是一项比较受欢迎的娱乐项目。记得伍同学就是猜谜高手，我深刻怀疑他是不是闲得没事，通读了《谜语大全》，要不然为什么每一条谜语他都能不假思索地猜出来？

看，寒流来了！

寒流来了，彻骨地来了，就在这个冬天快要结束的时候，寒流像豹尾般果决地来了。

寒流是冬春必须经历的一个天气过程，它就像江南的梅雨一般，会定时或者不定时地来，但是早晚会来的。

几十年前，初到团场的口里人哪里知道寒流是什么，不少人在战天斗地的大环境下命丧寒流，也有人用终身的残肢铭记寒流的可怕。对，那时的寒流是可怕的。

对付寒流的办法简单而臃肿，只有头戴棉帽子，身裹羊皮大衣，脚蹬毡筒才能将寒流与肉体隔离开。

那时候，贝加尔湖与西伯利亚是大家都熟知的名字，因为那里生产寒流，而且还直销。

那时候，寒流是一种常态化的天气状况，一次过境，也许三天，也许五天，也许更长时间。寒流来时，西北风都是安装了哨子的，呜呜呀呀的哨声会盘旋在屋顶久久不肯离去。从半空中甩下的雪粒会迅速集结，在任何一个建筑物的周围形成一个大的包围圈。如果建筑物安装的是往外推的门，对不起，你推不开了，雪封门，你出不来了，只有等待邻居拿了铁锹来一个紧急救援。实在不行，可以从窗户里爬出来。

寒流来了是不是就可以猫冬了？答案是否定的，还没有完工的排碱渠正等待劳动力去完成，实在想干点轻巧的活，那么积肥算一个，户外活动还是要保持常态化的。冬天是一个打柴的好时间，为了抵御寒流，打柴也是一项必须做的工作。

时过境迁，现在的寒流来时便带着一股扭捏劲，不再强势直驱，委婉地走到半道就偃旗息鼓了，时间紧迫，不再长时间逗留，频率减弱，不再无休止地纠缠不清。寒流过境之后，只有树枝上的塑料袋妩媚地倾诉寒流来了又走了事实。

寒流还是那个寒流，每个冬春都要碰上一面两面的，它会把地面的积雪飞扬到半空，再重新布置它们的形状与位置。当然，寒流来了，人们还是要竖起衣服领子抵御一下的。

寒流已不是那个寒流，它的力道在半途就消耗殆尽。来则来矣，只是悄声了许多，顺便还把告别演化成了默默地走了。

看，掠过的沿途！

给疲倦的双眼一个休息的理由，去看看外面的车来车往。半下午的冬日阳光似有若无地散发着慵懒，沿途的风景浮光掠影般走过，眼睛快速拍摄着瞬间闪过的一切事物。冬天出趟门不容易，出门就当作一场旅行吧。

出门，首先接触的就是道路，冬天的道路像刚出厂的滴灌带般黑亮，铺设在大田的夹击之下，黑白分明。大田的雪有选择性地覆盖，牛羊可以在裸露的地面啃食一些枯枝野草的风干品。这就不错了，这个冬天雪量稀少，地面的枯草不是更好寻找与识别吗？

不管是大白杨或者小白杨都极认真地开始过冬了，它们拿出自身灰白色的身段，以此来匹配整个大田雪色迷茫的感觉。是冬天的诱惑吗？一切都显现着迷茫与暧昧。

额尔齐斯河河水保留着奔腾的姿势躺在河道里，河水凝固成一处长的蜿蜒，覆盖在其上的薄雪有太阳光芒咬过的痕迹，同样的迷茫与暧昧在视线极限处蒸腾。

河谷里的马匹多了起来，一群马与一群牛泾渭分明地站在各自的阵营里，相互对望。

前方有一头奔跑的骆驼，其实它根本不想奔跑，只是一辆匀速运动的小卡车用一截绳索牵绊着它的鼻孔，由不得它散漫，它只得紧跟小卡车的步伐在道路上踏踏实实地奔跑。

冬天割些芦苇，曾经是这里生活的人们的一道必选题，时代变了，割芦苇的人群严重萎缩，但是不得不说，冬天是割芦苇的好季节。

路上的车在流动，路边的瓜果交易市场的房屋却固定在原地，默然注视着来来往往的车辆，没有一辆车会为这些空置的房屋短暂停留。

秋天路过此地时，堆积如山的各色瓜果会飘散着香甜的气息，南来北往的车辆会把整个这一片房屋全部包围。冬天的到来让一切归零，就仿佛这里什么都没有发生过，只有"瓜果市场欢迎您"这样的路牌敬业地搭揽着匆匆的车流，虽然，不会有一个人会为此而走近它，它却依然保持着最初的热情。

也许是想增加一点历史厚重感，也许是想让沿途的视觉不再空空荡荡，路边每隔一两公里就会出现一座水泥制的浮雕作品，颜色一律向出土的铜器看齐，看上去总是那么庄严肃穆，只是作品的后背依然是水泥的本色，暴露了些许怯意。

雕塑作品有远景的，大画面的远景，有山有水有人有动物，就像是一幅连环画的封面，直插视线。这就是连环画吧，故事就是挺进阿山，这是由战士、战马、战刀共同构成的故事。

一路上用眼睛扫描了一场沿途的风景，感受着身边的四季交替，顺便感受了一下各式各样的自然或者人文景观，就算是三九天的一次眼睛的旅行吧。

看，晴朗冬日夜空蓝！

在晴朗的冬日，在或明或暗的余晖里，高远的天际会出现一种高调的注视，那就是夜空蓝。

它的深邃不自觉地漫射开来，整个大地托举着夜空蓝的神秘与幽静，那么，夜空蓝就是这整个夜唯一的主宰。

冬日的太阳是一个匆匆赶路的旅者，它肯定是在短暂的白天奔跑得过于疲惫，在撒播了落日余晖后，便沉下身姿，隐身在山的那一边，只留下一个有着蓝色云朵飘浮的夜空，播放夜空的晚装出行的基色。

是的，蓝色的云朵集合成山体形状，出现在太阳落下去的那一方，在天空中用蓝色布阵，给即将来临的夜拉开一道重重的幕布，迎接天空在夜里变幻身形。

冬日的雪地，迎合着蓝色云朵的运作，在白色上深深浅浅地着了蓝色，便有了蓝色天鹅绒铺满整个大地的遐想。

太阳下山时，留在地平线一道光芒。那道彩色的光芒继承了太阳的热烈与多情，在地平线成一字形涌动。光在流动时，天空在变色当一株株老树的黑色剪影在蓝色背光映衬下，散发着古朴遒劲的光芒时，新生的夜空蓝，慢慢向着大地靠近、再靠近。

老树的枝干条理清晰，主干的粗壮有力展示了年代感，枝枝丫丫的线条成打开状，在夜的遮盖下伸展腰身般，打开每一个细枝末叶，配合着夜空幽蓝的光芒四下游走。

所有的老树都在重复一种状态，那就是出席一场夜的盛大联欢般，树枝与树枝相连，树影与树影相依，在夜的开朗中彻底释放剪影般的美丽。

夜色为大白天能见度高的美好事物倾注一罐神秘色彩，雪地、老树、小树、野草沉浸夜空蓝一统天下的霸道中，释放属于夜的固有姿态。

　　色彩在树林里，在雪地间，长时间的放纵与长途跋涉，从遥远的天际撕扯着最后一缕天光，持久制造着、生产着夜空蓝。

　　不用多想，当大地沉睡时，只有夜空蓝在值守夜的妩媚与多情。

　　夜空蓝融进晴朗的冬日里，自带妖娆，释放夜的蛊惑，可观、可赏、可亲近。

看，景观小品雪中颜！

大寒过后，新一轮降雪让这粉雕玉琢的世界再次来一个深刻装扮，那些在广场或者居民小区的建筑景观小品得了冬雪的灵气，在飞雪中一展飙升的颜值，美着呢。小区的桌椅长凳，在静默中尽情地接纳雪的阵脚，这是北纬47度的西北部。

这里，一年有着半年的雪季，要想在此长凳休憩安坐，只有等待冰消解、雪融化。那些个景观长廊也是同样的心境，在这个雪季，它们乐享雪花飘过的感觉。待春花报了春消息，那些浸满欢快的笑声自会随之而来。

雪花舞动，步入建筑景观小品聚集地，那是新落成的广场，亭台楼阁、水榭小桥，在雪花飘摇中庄严素洁，浑身沾满自天而降的仙气，在广场的任意一处点缀着冬天有雪的妙处。

四柱白色的亭子，原本是有着蓝色顶子的方亭，雪粒将其顶部覆盖，在一色的素白中，再也难觅那幽蓝的色彩。也许，这就是冬雪的本性，它自带纯洁，传递给了万物，万物便灵动了起来。

木榭停留在一湾水池的码头，水池里铺满了才落下的新雪，木榭在四下里新雪的照映下，越发显得端庄了起来。假山在一旁，随意披挂些积雪，便有了仙风道骨，活脱脱想变身为中国水墨画。

白色的蘑菇造型景观小品，有大有小，大的如伞如盖，伸展开大的一朵，顶了一层才落下的雪瓣，有了仙子降临人间的婀娜。

那小的蘑菇精巧细致且不失爱心，一束冬季的枯草得其庇护，傲然屹立，无形中，敦实的蘑菇景观小品瞬间高大起来。

那么关于动物的景观小品更不用说了，质本高洁的绵羊家庭，有了这厚实的雪花轻抚，厚重的雪衣恰是丰年的好兆头。造型为梅花鹿的景观小品，身披零星的雪意，增添着身上梅花的瓣数，远观，当真有了过冬梅花鹿本尊在此的意境。

九曲桥在雪中蜿蜒前行，桥面上、栏杆上有了丰润的雪沫堆积，原本孤寂的曲线添加了妩媚与妖娆，雪沫在九曲桥上造就了鲜活与美丽，其内涵的底蕴昭示着人生路充满曲折。当然，人生路也是不避风雪的，有了坚强与执着，美好就在正前方召唤着前行的脚步。

随着城镇化建设的高质量发展，在雪盖四野的边地点缀着各种场景中的景观小品，增添了边地冬季生活的乐趣。那些舞动雪衣的景观小品，在多层次冬雪的映衬下，频现素洁的颜值，可观可言可意会，美着呢。

看，日落月升时！

太阳和月亮，在一个固定的时间段会有一个光与光的交集，日落之时，亦是月亮慢慢爬高，在夜空释放皎洁之时。一落一升之间，便可感知天地自然之魅。

不管是来自西伯利亚还是西西伯利亚的冷空气都有一颗杀向南方的心，在冷得哆嗦的极寒天气下，这股冷空气没有多停留，于是有了一个适合散步游玩的好天气。

天气的好是可以描述的。首先，零下二十摄氏度以内是可以接受的。其次，没有风，另外，还有大太阳，这就是冬天好天气的基本要素了。再加上一颗想去呼吸新鲜空气的心，那就基本接近完美了。

去空旷的四野看太阳慢慢西坠，大约是一个不错的主意，那就找个视野开阔之地，远远地向着西南方向留意太阳的一举一动。

太阳的高度还在树梢之上，好像还不急于回家的模样，一直散布着暖意的属于黄昏的浓浓浅浅的黄色暧昧的调子，一场属于温暖的美丽即将谢幕，有了些许流连，还有了些许不舍。不承想，夕阳在最后落下的刹那，将一天的能量全部洒在了回家的路上。

是的，太阳回家了，它拖着长长的天光的尾巴，隐下身子，去了，最终在地平线只能看到一些影影绰绰的树影，那是太阳临行前刻意留下的一排剪影。

月亮是听了号令的，在天空东面候场，在太阳带了背景光退场后，一步接着两步，向着天空指定的位置探头探脑地跳跃着，试图找一个合适的天梯，更好地演示自己是多么的急切。

其实，这是适合捉迷藏的时间段，在天光在暗下来的那一小会儿，要么先在树杈上藏一会儿，或者用树枝来装扮一番俏气，更或者直接在树梢上来一个当空照，在雪地里播撒一些美好的光线。也许昏暗，也许柔和，总有了夜的幽静在潜行。

等月亮远远地升上了任何树木都达不到的高度，天色也将夜就要来了的消息用暗色来表达。

太阳收了西边的天光，月亮在东边悬着自得，那是白色的皎洁与黄色的温暖更迭的扬扬得意。

从冒出地平线的遮遮掩掩，到树丛里的捉迷藏，再到高挂夜空，十五的月亮是饱满圆润的，它将用此圆满持续在天空释放幽静的光芒。

看日落月升，大约也和夜观天象有点小关联，那就是心存美好，天地宽。

看，白色元旦！

旧年与新年用白色的飘雪做了一个连接，一个充满暖意的元旦，时不时飘洒着旧年没有下完的雪花们，给新的一年真诚的问候。

那么，过去的一年又当怎样怀念与反思呢？白开水般的生活，总有着喜怒哀乐在里面搅拌，给一成不变的生活来那么一点点新鲜刺激。

就如这天气，晴朗的天空，晃着耀眼光芒的大太阳，太晴朗的天气总是坦白的，不藏一丝心机，有了一眼看穿的简单明了。

恶劣天气，一如人碰到了不顺遂的人与事，偶尔会在生活中泛起一点波澜。

其实，除了稀松平常的晴朗好天气和极端恶劣的坏天气，这中间还有许多值得记忆的日子。譬如一场久盼的阴雨天气，它可以让心情渡过星星峡，一直到细雨飘飞的杭州或者苏州或者上海。

那里飘洒着太多的青春记忆，那是一张张青春日历累积的记忆，成长的快乐与不快乐，都在那些飘飞的雨丝里闪烁着时间固有的纯真。

使劲期盼第一朵雪花落在手心，悄悄变成一粒冰凉的露珠，那就是冬天才刚拉开寒冷的架势。

幼时的冰雪运动，一个雪爬犁和一双粗铁丝穿出的冰鞋，把欢乐撒在时光最深处的记忆。

过去的一年，也就是混合了晴朗、乌云或者一点两点雨水打湿的日子，还有白色穿过的整个冬季。

至于给自己的新年寄语，那就是，还要保持一点点纯真，用善良来对待周边的人与事，自己的内心也许就充盈了，心情大约就可以在眉眼间欢愉舞蹈了。

白色元旦，是新年的一个开端，那么新的一年将会是怎样的呢？也许坦白，也许纯真，也许浪漫，也许冷酷，总有许多表达深藏其间，需要用每天的日脚去丈量踏勘。

于是，踏踏实实且真心真意地活好平静的每一天，当然，偶尔的新鲜刺激来时，敞开怀抱任由它们放肆地撒欢，也是好的。

看，旷野枕着夕阳睡！

岁末的旷野，冷风正浓，当夕阳布下光线的阵势，轻扫树林的顶梢，滑过苇叶的伸展，在雪地试探地跳跃，整个旷野倾注流淌着一丝冬日的暖意。

已近年尾，气温毫不客气地配合数九天的到来，傍晚时分，夕阳攒足了一天的能量，从红彤彤的体内向外散发着光谱里所有的色调。天空变得华丽起来，半边天的色彩活了起来，丰富起来，整个旷野也喧闹了起来。

旷野的高树，明哲保身般，卸去一树繁华，只留下必要的枝干，向着冷空气做着敞开的姿态，更向着光亮处尽量把自己打开，好让柔光有秩序地从树冠滑过，在张开处停留，抚摸过主干，再从旁边的侧枝溜走。

那些站在树杈上的鸟雀身着这个季节的灰色羽装，踏踏实实地鸣叫，那欢快的叫声便镶嵌了金丝，悠远飘向了远方。那唤来的夕阳射线，也在灰色羽装上落下，改披一层多彩的光晕。

有着几分姿色的啄木鸟不知疲倦，用尖嘴一下接着一下敲击着树干。那认真的叩诊有了前后左右的光源照射，顿时让啄木鸟身形高大起来。

芦苇是一个群居部落，它们还是深秋的模样，麦黄的苇秆、麦黄的苇叶、蓬勃的芦花，迎着冷风，随时都在起舞。

当夕阳射下的光线找到这一片旷野最抢眼的色彩时，立刻锦上添花。再把多彩的光晕胡乱涂抹一番，就让芦苇丛整个激荡了起来，那向着光亮处摇曳的恰是一番自带的气韵。

当夕阳落在远方，稍稍斜了身子照射，雪地也灵动起来，单调的雪，纯色的雪，有了形状上的起伏。那里面还藏了光波的深浅逗留，更有光线轻捻之下明亮的光斑。

是火红色还是金黄色，更或者就是它们的色彩叠加，大约就是这样一个混合了多种颜色的明亮。

夕阳在高树的底部徘徊、迟疑，在芦苇的一根根筋骨中，数着秒表，不舍的恰是泛着光亮的鸟雀的剪影，以及雪地的厚重与端庄。

夕阳努力把一天的能量一点点地喷吐释放后，旷野还在明亮处泛着最后的光晕，接续夕阳的宽厚赐予。

夕阳落下后，半边天是深蓝色的，半边天是深紫色的，旷野由喧闹变得安静起来。冬日的旷野，慢慢地睡去了。

看，雪窝里停靠冬的姿态！

雪窝很深，是淹没羊蹄子的深度，雪窝很长，在四下无声的雪地里做着纵深延展，一直蔓延到看不见的远方。

今年冬天的雪不能用下得多和下得少来判断，如果非要定义，可以用"雪下得不小，雪下得大，雪下个不停，雪一直下"来完成一种最基本的表述。

一场雪下得透彻完整，是这个冬天每场雪的一个共同愿望，哪一场雪没有进行大雪、小雪的身形变幻，没有白天黑夜的缠绵曲折，就不算是一场今冬的雪。

大雪的播撒，一层铺装一层地进行，平坦的大田是一整块的白色，鲜有羊群结伴觅食的身影，雪地有了封锁消息般的安静。

只有几头沉稳的牛，在牧人悠闲的目光注视下，慢慢地向着雪地出发。一层旧雪铺着一层新雪，在牛蹄子的力量挤压下，形成一个雪窝，四个蹄子交替前行，一连串的雪窝，把牛的高大送到远方和雪地混成一色虚无的晨雾，天地间有缥缈的白色在晕开。

高树，肃穆严谨中释放着安静美好。有觅食的小鸟依偎在树干的凸出部位，看着天上的雪花，思考今天的能量补给在哪一片雪花的下面藏着，那或许就是一颗草籽，有着顽强生命力的草籽。

啄木鸟，在敲击树干的空洞，那里面会有什么新发现？也许奇迹会在叩诊声中有规律地冒发。叩诊声是一串平整的没有起伏的音律，从半空中开始往下甩，一直可以落在草尖上，或者牛背上。遇到障碍物，叩诊声便被调成了静音模式。

雪窝是蜿蜒曲折的蛇行，它尾随牛蹄踏行的路线前进。一片雪花落下，装饰着雪窝的柔软，一缕耀眼的阳光，凝聚雪窝亮晶晶的闪烁。

太阳是冬天行色匆匆的过客，它或者用强光压实雪窝，让雪窝变成大地的笑靥，或者用轻柔的彩色光源，给它们镀一层橘色、一层幽蓝、一层酒红，让雪窝在波浪起伏中荡漾气韵委婉的灵动。

　　高树平静地站立，有小鸟飞来了便飞来了，有小鸟飞走了便飞走了，有婉转的鸣叫，或者单调的和声，或者假装沉默，都不那么重要，重要的是挺立。

　　牛的肚子滚圆，散发着咀嚼后的满足感。不管一丝风在空中急刹车，还是一朵雪花再一次来袭，一切都不那么重要，重要的是杂草带来的崭新的热量，它会幻化成一种内心的充盈。

　　雪在下，或者停止，都不那么重要，重要的是冬天在雪窝里养着精神，保持一个冷与静的态度。

看，霞染过的早晨！

小雪节气，天气预报的小雪只停留在了天气预报里。

早起，东边的天空已经有天光，渐渐明亮了起来。

去呼吸新鲜空气，有霞光走近，给近处的树木勾勒一层光晕的边角，给远处的建筑物打着渐变的背景光源，铺展开各种色彩的线条，撬动东方天空的光亮处，迎接太阳在下一刻准时当值。

广场东边的路灯是宫灯样式的，披着霞的妩媚，端庄地站立。远处是住宅小区的路灯，豆芽菜般高挑地站立，它们自有的光源已经关闭，迎接着自然光一层一层的涂抹。

住宅楼的形象不单是本真的中规中矩，还多了一层神秘的韵彩，屋顶排列的太阳能热水器是缩小版的射灯，假装把自然光从建筑物的反射中发射出来，顺便把建筑物的周边也染上一点平日里不常见的色彩。

近处一点的信号塔笔直地站立，没有太多的勾勒，就简简单单地站立，自然会有慢慢亮起来的霞光围绕着，像极了给天鹅脖子围上一个轻纱制成的围巾。

热力公司的烟囱冒着粗壮的"烟龙"。微风的天气，"烟龙"并没有扶摇直上的表现，只是跟随微风的势力，从烟囱的南边直接扭向了北边。

色彩浓重地涂抹在远处与近处的各种物体上，有了沙画瞬息万变的妙处。不过几分钟的时间，天空陡然亮了起来，那些片状的光晕迅速重组，组成了一个集合体。

这个集合体是放射状的，呈现条状放射，线条不是硬朗的线条，是有开合张力的线条。往细处看，像是羊毛的自然卷曲，一拉一伸之间，就有了动态的飘逸，一匹霞就在天边悬挂，华丽地炫耀。

由东向南，接着向西，是霞光渐变的拉动，这拉动是横向的，用五彩的横线粗线条地平行滑动，更是一个近似彩虹的光彩带从东南向西南涂抹。

　　远处的路上有汽车快速地驶过；近处，骑着自行车的清洁工来收拾垃圾箱。她的脸上有自然光映射的红晕，是这个清晨应该有的模样。

　　更远处是鸡鸣声，由一两声慢慢变得多了起来，变成了一个领唱和一个大公鸡集体的合唱。唱和中，还夹杂着鸭子抢食时发出的呱呱呱声。

　　前几日的残雪还在。旧的颜色，在霞光的关照下，装备了多层次的色彩，迎接着小雪节气的到来。

　　十分钟的一场生成、一场辉煌、一场退去，太阳慢慢升了上来，霞染过的早晨亮了起来。

看，桌面春秋！

电脑桌面背景图案的选择属于萝卜白菜各有所爱，选四季风光当背景，很是家常。这些图片并不来自图库，而是来自工作和生活的随手拍。背景图片的选用，当然是配合个人情趣和心情的，一方面是可以提供一个悦目的桌面，养眼。另一方面也是对季节的呼应，可以知道季节的更替轮回，知道今夕是何夕。

早春来时，有多张片子可供选用，颜色丰富地表达春天该有的生机。晴朗的春日，干净的杨树枝条轻摇，酒红色的杨树穗小心翼翼地绽放。这是酒红色的杨树穗，还是有一点地域特色的、异于平常见到的绿色的杨树穗，这样的片子当选春天的桌面，特色明显。

这是在去五连的路上拍摄的片子，算是对早春的一个记录。早春就是各种植物萌芽的开始，天还有点寒凉，棉柳的芽孢在不经意间爆开。那是一束垂直向上的绿色细丝的集合体，成棒状，直立在棉柳的细枝上，有了绿色花蕊绽放的美丽。

五连营区的行道树开满白色的小花，已经是春暖的时间段了，有小蜜蜂在黄色花蕊间来回穿梭，把春天的热闹劲舞动了起来，仿佛白色的花朵是明亮的，美好在营区自由散播。所以，关于五连的记忆大概是美好和难忘的，这三张图片可以作证。

夏天的到来，绿色是成倍数地生长，大田里的南瓜叶片、葵花叶片比赛一般，把绿色的畅快与舒展都释放出来。这是夏天常见的景物，不需要刻意去找寻，平时散步就可以随手拍，把绿色带回家。大概绿色有凉意，一张额尔齐斯河河谷的片子，总有那日徒步的种种在脑海中不时闪现。绿色的图片当真适合在夏天当桌面，有绿树成荫的爽快，干脆的覆盖。

秋天的颜色太丰富，黄色是这个季节的主色调，抓住了黄色，也就抓住了整个秋天，这大概就是人们喜欢称秋天为金秋的原因吧。

随便一排行道树就是一处风景，随便一片落叶就是一个季节的缩影。那是经过春天一个芽孢的生发长成的树叶，在夏天浓烈地散发绿色，经过秋阳金色光芒的洗礼，黄得晃眼，满满的富足感。

在这个季节同样有着金色光晕的是结实个大的玉米棒子，更具有秋收的特征，把秋天的富足，要么串起来悬挂，要么铺展成一大片，把金色蔓延到视线的尽头。

阿勒泰野山楂已经成熟了，它的色泽是黄色向着红色的过渡，阳光下，有半透明的感觉在枝头停靠，这样的姿态会有刺激唾液腺的功能。

在大田里的一角，黄色的西红柿和红色的辣椒也抢眼、抓胃，看上去模样端正，好吃的样子。

蒲公英已经繁殖了第几代，没人会去数一数。于是会有，这一株蒲公英正在释放生命的小羽伞，那一株蒲公英刚吐出黄色的花蕊，招惹蜜蜂和菜蝶翩翩起舞。

秋天结束的消息是锅炉房烟囱冒发的白烟散布出去的，它在蓝天白云的故乡宣告冬天真的到来了。

那雪地上的芦苇还保持着秋天应该有的模样，站在雪地里，有了毛茸茸的暖意，时不时就要下一场雾凇；那些可爱的树挂、冰挂图片也特别适合当作桌面，它们好像在说，它们才是可爱的。

春夏秋冬在桌面更替，等所有图片轮了一遍，一年也就过去了。

看，冬闲的风景区！

最后去看一眼阿勒泰地区的最大蒙古包建筑物，这里的风景在越冬，一个属于自然与人文合一的越冬模式。

道路积雪清扫得不错，裸露出水泥便道的本色。蒙古包建筑物自建好后，还没有在投用前去过一次，曾经感慨过它的高大，现在需要感慨的是：时间是一台挖掘机。

往前去是葡萄长廊，没有攀爬的遮挡，葡萄长廊多少有点孤寂，也许它和葡萄根一样，一起冬眠了。

再往前去，是中规中矩的建筑物，里面有一群鹅在奔走中狂叫，给安静的景区一个猝不及防。

接下来是曾经美丽孔雀待的地方，好久没来，孔雀也没见着，只有一个竹篱笆很文艺地圈起几棵阿勒泰野山楂树，树枝上还悬挂着鲜红的果实。这样的色彩，在雪地里还是耀眼的。

进入林地前，是一条铺满鹅卵石的渠道，就是这片林地，有义务劳动的场景在脑海中浮现。从栽植果木，到栽种月季花，到捡石头，回想起来，仿佛是过去了很久的事情。

那些被捡来的石头集合起来，最终铺成了这样一条乡村文艺路线的渠道。这条渠道大约是深井供水的，渠道的一头很显然是一个大水坑，可以看到水在渠底静静地流淌，边上结了厚厚的冰，接近水面的边缘处却是新近才生长的冰花。这冰花在冰面透亮处，开出一朵接着一朵密集的锥子状的花朵，还是比较稀罕人的。

往林子里去，有软枣在枝头挂着，摘下一枚尝尝，新鲜刺激，冰牙的感觉占了上风，枣的甜度一般。林子里的果树都进入了休眠期，也许是修过枝的吧，或者就是这样矮枝的品种。

再深入一点去看，一条水系的一旁是一个仿古的长亭，或者说是仿生原始状态的茅草长亭，顶上是雪，长长地站在水系旁。旁边是圆木墩子，一个接一个的圆木墩子上都积攒了厚厚一层的积雪，这是没有被惊扰的雪地，风也没有来过的样子，一切都闲了下来，连小鸟也不曾飞过。

冬来，草木休憩，一切都闲了下来，就像眼前的人工湖，结冰的湖面盖上了厚厚的雪花被，就这样睡去了。

远望是最大的马鞍造型建筑物，很安静地在远处，用安静来呼应这边景区的安静。

看，冬天的样子！

时近冬至，这才像模像样地下了几场真正属于冬天的雪，把冬天装进雪窝子里，这才是冬天应该有的样子。

冬天的雪脚步匆匆，有了着急赶路的忙乎劲儿，不再是初雪的懒散样儿，不经意地下一点就收了功力。这几场雪，是连续地落下，没人能分得清是几场雪，还是一直没有停止的一场雪。

雪有雪的样子，细碎的雪粉是不是更适合覆盖和加层？一层覆盖一层，把整个世界都统一成雪窝子的模样。

雪下个不停，给道路一个永远也扫不干净的印象，扫雪车打着车灯，早早地就在路上来回清扫，几台扫雪车的出动也挡不住雪下不停的事实。小区里，推雪板的工作时间也提前到了凌晨六点半，仅凭推雪板推雪的声音，就能判断出小区的雪有多厚实了。

旷野一片安静，没有车辆驶过的雪地只有野兔子踩出来的小脚印，一个挨着一个，消失在草丛的背后。

林地的树木，向上生长的枝条沾满雪粉，在视线的高处，迎接阳光的照射，林子变得明亮起来，雪团散发着阳光布施的颜色，也许这雪本身就是七彩加持的。

那些斜躺的树木主干上落满积雪，像极了给主干上特意加的白色立体效果。那些伐去的只剩下树墩子的树木，莫名长出一顶高等级"白色厨师帽"，省得人们去构思一个厨师模样的雪人该去怎样堆砌了。

渠底生长的芦苇，高高的身形顶着一个个芦花雪球，给这雪白的世界一个层次更加分明的强调。这是视线平行的位置，这样的芦花雪球抢眼、醒目，让人有了多看两眼的想法。

这样的雪地，是适合开展各项冬季运动项目的场所。在厚厚的雪毯上来一场雪地足球，会有青春热血的动感流淌；就算是打一场像样的雪仗，这样的雪资源，一定会让打雪仗人们的欢叫声增加分贝数；就算是随便堆一个雪人，也多少对得起这样好的雪地；实在不行，滚一个雪球，也可以热出一身汗来。

旷野是安静的，只有鸡排了队，警惕而又敏感地疾步钻进了林子里，相信它们暂时不会出来散步和赏雪了。

与旷野形成鲜明对比的是户外的市场。户外的市场出售各类冻品，给冬天一个好滋味，这些冻品也许是大虾，也许是鱼类，更或者就是冻结实的柿子。

小区里早有了冬天的景象，各家各户阳台窗户伸出来的铁篮子是特制的冬季用盛器，里面也许是牛羊肉，也许是鸡鸭鹅，或者就是冻豆腐。

冻饺子是冬日一景。谁家楼门口时不时就会摆上凳子，凳子上面是高粱秆的盖帘，盖帘上面是一个挨着一个的饺子，在这样的冬日里，给新鲜饺子来一个迅速锁定营养成分的冻结。

冬天就要有冬天的样子，在温暖的室内，用冷水拔上一个冻梨，再吃上一根娃娃头雪糕，以此来替代围着火炉吃西瓜，这才是一个正儿八经的冬天要有的样子。

看，北屯的瓜子！

北屯市坐落在祖国最西北的绿洲之上。守护和开发这片绿洲的人们用小瓜子作出了大文章。

北屯出产的葵瓜子、红片打瓜子、黑片打瓜子、南瓜子、葫芦瓜子，在这里扎根，在十师长大，在北屯成熟，再进了大小工厂，在北屯这个"瓜子之都"形成了成熟的瓜子产业链。

北屯出产的瓜子被运往全国各地，消费者随时都可以品尝每一粒来自北屯市生产的瓜子带来的满口香甜。这还要从这片绿洲种植的第一株葵花开始说起。

最早在这片土地扎根下来的是葵花，葵花是一种植株高大，开花漂亮的作物。一个结结实实结满葵花籽的葵花盘子，在它的成熟期，奶白色的乳浆灌满瓜子后，就可以进入直接食用环节。

取下新鲜的葵花盘子，拨去顶部的干花蕊，就是排列整齐的葵花籽了，择一入口，轻嗑，瓜子仁满身嫩汁就在舌尖流淌，满口都是新鲜的甘甜。新鲜葵花籽特殊的香甜，会吸引嘴馋的人们先试吃一把。

往前数半个世纪，那时候的生活水平很低，很少会有瓜子这样的零食挤进人们的生活。但也有特例，新婚人家筹办婚礼，备下喜糖和瓜子，邀请贺喜的人们嗑瓜子、吃喜糖，一个新家庭就在瓜子仁的脂香气和糖果的甜蜜浸染下，在绿洲扎下了根。

随着农业生产情况的逐年好转，各连队的"五七"家属队，主要种植经济作物，葵花得以大面积种植。这时候，逢年过节，各家各户都会炒了瓜子来待客。当然，还有花样多的人家煮上一大锅瓜子，放上盐和大料，把瓜子煮个通透，再放置火墙顶部烤干，那就是家庭版的五香瓜子了，瓜子在口感层次上自然有了多样性。

葵花籽是那时候人们少得可怜的零食，正是这散发着特殊油脂香气的瓜子，给人们平淡的生活增加一点小小的惊喜。当然，热爱嗑瓜子也会有副作用，有些喜欢用大门牙嗑瓜子的人，门牙会留下一个长年累月磨出的槽子，谈笑间，残缺门牙的展示充分表达了自己对瓜子的贪恋。

到了20世纪80年代，葵花还有一个经常入镜头的用途。我家的照相机是常州产的红梅牌照相机，每当金色的葵田开满大朵大朵的葵花时，就是全家人轮番当模特或者摄影师的时候。翻看影集，家里人和葵花的合影好生珍贵。

当然，我还参加过葵花的收获，收获葵花盘子之后，有一个脱粒瓜子的环节，特别适合少年儿童来完成。

帮助连队同学家打葵花籽，促使我成长为一名热爱劳动的少年儿童。脱粒的人们，拿着洗衣服的棒槌或者折断了的铁锹把子，敲击葵花盘子底部，瓜子颗粒就纷纷落下。没有啥正经工具的，也就胡乱拿上一截木头棍棒用力敲打，以此完成瓜子脱粒这个重要环节。

很长一段时间，葵花种植一度成了很多种植户的首选，尤其是种植的三道眉瓜子，瓜子形状好看，纹路清晰，油脂香更加饱满芬芳，是外地炒货市场的抢手货。

黑片打瓜和红片打瓜种植得稍晚一点。小时候，经常看到"五七"家属队的人，会揣上打瓜子在上衣口袋里，见了人，随时随地分享一小把。也无非是自家炒熟了的，或者煮熟后放在炉盖子上烘干的，或者直接就是生的打瓜子。但，各有各的滋味，生的打瓜子味道微甜，口感很细腻。对于炒熟的打瓜子，会嗑瓜子的人，可以完整地把瓜子仁吃到嘴里，但是对不会嗑瓜子的人来说，这项技能的学习将是一个长期的过程。

及至家庭联产承包责任制时期，为了增加家庭收入，很多家庭选择种植打瓜来增加家庭收入。所以说，这段时期长大的孩子，很多都是在家里葵花籽和打瓜子变现后的喜悦的护佑下，健康快乐地成长的。

近些年，随着作物结构调整的需要，葫芦瓜和裸仁南瓜的种植面积在逐年扩大，成为各连队的主栽作物，成为人们提高家庭收入的必选。

葫芦瓜成熟后，体型较大，有了宋瓷孩儿枕的体态和模样，满地躺满这样的瓜，远观就有了充盈的富足感。

裸仁南瓜圆滚滚的模样，外皮颜色金黄，在秋天的大田很是抢眼。这就是种植户盼望的秋收气象，这色彩斑斓的南瓜地看上去很有些富贵气。

随着生产技术的不断提升，现如今，收葵花籽再也不用拿着一截木棍敲打了，都是大型联合收割机，吃进去葵花饼子，葵花籽就乖乖地流淌进大大的仓盒。这些瓜子只需要过一遍清粮机，就是颗粒饱满、干净整洁的商品瓜子了。

每当看到地里有干活的场景，随手拍是我的最爱，然后配上说明，迫不及待地分享给每一个短视频爱好者。

比如，种植户会在打瓜、葫芦瓜和南瓜成熟后期，邀请养殖户的羊群进地里踩一踩瓜藤瓜蔓，这样方便推瓜机进地里给这些瓜们排队，这样的视频具有一定的地域性。

其他地方朋友看到了这样的短视频很是稀罕，尤其是种植户会买上些礼物邀请养殖户家的羊群进地里，羊只胡啃乱踩，他们直言这辈子没见过，也没听说过。

打瓜机的作业形式在内地人的眼里也很稀罕，吃进去整个瓜，瓜子自动流进备好的编织袋里面。人们不用给打瓜机投喂打瓜、南瓜、葫芦瓜，打瓜机自己就能把瓜体整体扎住，送进打瓜机，完成破瓜取子的全过程。

那些铺满晒场的瓜子颜值始终在线。红瓜子、黑瓜子、白瓜子、绿瓜子、黑白相间的瓜子是整个秋天的颜值担当。

八月，红片打瓜子是最先上晒场的，金红色的瓜子裹着新鲜的瓜汁，在阳光下闪烁着新生的光芒。接下来是黑片打瓜子，黑亮亮的瓜子透着皮薄肉厚的好感。

葫芦瓜子和裸仁南瓜子，稍晚也会陆续在九月上晒场。葫芦子是白色的外壳，瓜子看着秀气，颜色也亮生。裸仁南瓜很神奇，打开南瓜，瓜瓤里面直接就是没有外壳的瓜子仁，深绿色的瓜子仁不着一丝坚硬的外壳，这样的瓜子确实神奇。外地的朋友看到这样的短视频，总是要多点几个赞的。

绿洲的秋阳是帮忙的，晒足几个大太阳天，这批瓜子就全都干透了，这样的瓜子过一遍清粮机，就可以灌袋封口直接运走了。

当然，也有种植户会留下一大袋瓜子自己享用，或者通过邮局寄回自己的老家，让老家人也尝一尝北屯的瓜子。这时候，随着瓜子去外地的，还有自己葵花地出产的葵花蜜，这下好了，又香又脆的瓜子和葵花衍生品就随着邮路去往了全国各地。

近几年，我还有幸参观过北屯市许多家瓜子生产厂家，我去厂里观摩每一粒瓜子怎样被色选、怎样被剥壳、怎样被磨皮、怎样被炒制，然后再科学分装的全过程。

新时代，新作为，北屯的瓜子每天都会从"瓜子之都"出发，去往全国各地，和全国的消费者见面。那么，每一粒北屯出产的瓜子，就是北屯这个"瓜子之都"的最佳形象代言了。

小瓜子，大产业，每一粒瓜子见证着北屯人民的勤劳和对美好生活的追求。

看，雾凇从容！

雾凇的到来，是一次大自然净化空气的过程，穿行其中，便有轻松愉悦涌上心头，各种美好会按捺不住地冒发，大自然给人们的，从来都是奢侈品。

昨天的小雪转中雪再转小雪，轮番给整个干燥的冬季一个充足的湿润补给。今天一大早的雾凇，就是这水汽富足的炫耀，凝结在高处的建筑物上，还有错落有致的大树、小树的枝条上。所有能展示雾凇来过的迹象，都用精致包裹了呈现出来。哪怕是一根丢弃的草茎裹上一层雾凇的朦胧，也有了一段附庸的风流。

广场景观树的红色果实是欢迎雾凇的，平时光洁的枝条上挂着红色的果实，多少会有一点突兀的感觉。雾凇来时，不仅让枝条变得肥肥胖胖，果实也三百六十度地裹上了白色的冰晶，是糖霜吗？冬天的红色果实，一眼望去，便有了酸酸甜甜的味道。这大约就是红色果实欢迎雾凇的原因吧。

龙爪柳原本是细丝低垂的，在冬天把妩媚藏起来了几分，有了这雾凇的照拂，一棵龙爪柳便舞动起深藏的身段，那霜粉把枝条扩大成平时的好几倍。一条窈窕，一条动人，无数条就织成了一个明亮的所在，把阳光编织进来，把没有脱落的黄叶编织进来，龙爪柳丰腴的身姿，把富足与美好表现得密密实实。

行道树的樟子松松针放射，涂满雾凇，端坐枝头便是一朵朵绿色的、团团的菊花了。说它是绿色的菊花，也贴切，说它是白色的菊花，也应景。一朵朵的雾凇菊花就这样大大方方地绽放，这样是不是让樟子松更加有生命力呢？

移步沙枣林，这里是一个空灵白色重新构造的世界，沙枣树的遒劲与老道已经被雾凇大力地涂抹了，沙枣果实的鲜艳，也被雾凇模糊处理过了。白色的果实更加雪白，黄色的果实浅了许多，红色的果实也有了沙沙的感觉，雾凇的覆盖性当真是强的。

渠边的成年柳树张开所有的枝条，来完成这一次的强行净化。一棵老柳树就是自成一体的冰瀑布，一个枝条就是一条冰道，重叠起来就是冰瀑布的倾泻，有了画家大手笔的泼墨，不惜本钱地泼墨。

走进林子，杨树向上的树干简洁明快，一行和一行、一排和一排，在蓝天下站成了冬天的战士，笔直、干练。它们的天空是刚放晴的天青色，多么美好的颜色。杨树用个体的、不大的树冠，圈一方白色镶边的蓝天，迎接小鸟来回穿梭其间，鸣叫、栖息、觅食。

芦苇在林子的边缘三五成群，用全株的叶片沾满雾凇的蓬松与轻柔，最终经不住这霜粉的分量，弯成一把把竖琴，弹唱林间的幽静与明亮。

小麻雀是林间的歌唱家，在树梢高处唱上一曲，再转去空中的电线上，在两根平行的电线间跳跃着飞行。它的轻盈带动了一个小型的雪崩，那些凝结的雪团受力下行，在空中轻摇飘下，给安静的四周一个动起来的理由。

雾凇就这样从容地来了，给冬日一个雍容华贵，这样的美丽是短暂的，雾凇在太阳光线的撬动下，慢慢消散开来。雾凇来时，是那样从容，带给冬日一场雨露均沾的富足；雾凇走时，悄无声息，只留下空气的清甜，在冬日弥漫。

看，游走的大树！

我是一棵大树，扎根在这里，在我五十周岁那天，我开启了一次旅程，一次远离养我几十年的地方。对，我就是一棵游走的大树。

我的老家有两个，一个老家在额尔齐斯河畔，一个老家在二级台地某连队。我现在居住在一个小城镇，一个叫团部的地方。我在额尔齐斯河畔生，在额尔齐斯河畔长，我长到一岁半第一次离开了老家，到了戈壁滩上。那是一个被称作二级台地的地方，离我的老家有十公里的路程，我在连队生活了四十八年半，对，今年我整整五十岁了。对，在我生日那天，我又开始了游走，我现在居住在小城镇，一个离两个老家都不算远的小城镇。

额尔齐斯河河谷是一个风景绝佳的去处，绿草地不会像毡子一样死板，它就像一片草海，流动着绿色，同时还流动着色彩斑斓的野花。我就出生在这一片草海、花海之间。时间往前推半个世纪，我第一次离开我的妈妈，我是多么愉悦啊，妈妈是一棵健壮的柳树，她的身姿挺拔兼具妖娆，她是额尔齐斯河河谷最漂亮的柳树，而且不是之一，她是整个额尔齐斯河河谷最具生命力的柳树。她在春天一直到夏天，始终开不败白色的柳絮，那是我全部的兄弟姐妹。妈妈说，生命只属于我们一次，离开妈妈，自己要学会照顾自己，不要贪恋轻舞飞扬的一时之快。妈妈看着我们早点在附近安家，妈妈就放心了。

我向妈妈保证过，我会好好的。一阵秋风吹来，我离开了妈妈，离开的时候。我就说，妈妈，我就在你跟前，我不跑远。我找了一块草地，暂时落脚，我先在草地上脱下羽衣，接着我在绿草之间找到了一个缝隙，就毫不犹豫地钻了下去，那是带着泥土湿润气息的地方，我钻了进去，湿润包围了我。我想对妈妈说的是，我成功了，因为身子底下这片土地接纳了我。

大雪来了，妈妈送来树叶给我取暖，我在树叶搭建的小屋里慢慢睡着了，等我醒来已经是春天来了。我生根了，白丝般的根丝扎进土壤，我冒出地面，妈妈就在我跟前，她的绿树叶闪着太阳的光芒，我对妈妈说，妈妈，我长大了也要和你一样棒。

我慢慢长大了，我长到了一岁半的时候，也会用绿色的树叶击掌玩耍了，这个时候来了一群人，他们在草地里寻找着什么。我很好奇，这是一帮什么人呢？他们穿着黄色军便装，头戴黄色军便帽，脚穿黄胶鞋，他们都很年轻，他们有男有女，他们来这里想干什么呢？

他们中间的一位见了我对伙伴们说："这棵小树多漂亮，我们把它挖走吧。"这群人小心翼翼地用铁锹把我挖了起来，我被他们传阅般欣赏着，他们都在夸我长得健壮。妈妈见了说："孩子，别怕，他们是台地上新来的人，他们要把你带走，虽然你远离妈妈，但是不要紧，去了那里，你同样喝的还是额尔齐斯河的水，你会慢慢长大的。"

台地是什么样呢？这群人把我和其他一些小树放在了牛车上，牛车慢悠悠地走了好长时间，我们到了一个叫作连队的地方。那是一片刚刚烧过荒的地方，四处空荡荡的，只有一些小土包高出地面，他们叫小土包为地窝子，这是这群人吃饭睡觉的地方。

我被这群人放在了荒地的最头上，因为我最健壮，我成了大田防护林排头的第一棵树，我站的位置是一条渠道的渠首，一条小路的起点，一片大田的地首。我想，我会骄傲的，因为，这群人是这样看重我。

说实话，我喜欢我的老家，我的老家有翩翩飞舞的蝴蝶，我的老家有开得艳丽的野花，我的老家有柔和的清风，这里是戈壁滩，一处光秃秃的地方，一处野风游走的地方。我想家了，我想妈妈了。

额尔齐斯河被这群人引进来以后，我喝上了甜美的额尔齐斯河河水，水还是家乡的甜啊。我发现，我长大了，虽然只有戈壁石做伴，但是慢慢开始不寂寞了。因为眼前的一切都在慢慢发生着变化，我喜欢变化，我不喜欢光秃秃和死气沉沉。

我所在的地方叫林带，我的吃喝是专门由女人管理的，她们会在我需要喝水的时候给我喝水，她们就是连队园林班的职工。随着我个头的生长，我所能看到的东西越来越多，我的眼前有奔跑的拖拉机、小跑的马车、慢悠悠的牛车，还有慢慢多起来的人；大田里也会有金色的小麦，绿色的玉米，还有开花的豌豆、绿豆。

就是这样，我在渠首站立了几十年，看着连队的人换了一茬又一茬，看到连队的小孩娶妻生子，看到大田里的庄稼一茬一茬地生长。我慢慢变老了，我长成了一棵威风凛凛的老树了，许多人喜欢把我当地理坐标，我喜欢这种感觉，我是连队最老的一棵树，而且不是之一。因为，和我同一批来的那些小树，都在这几十年的岁月里，相继离开了我。

最近的一次，连队大田要扩大，渠道要填平，来了许多人，把陪伴我左右的大树悉数放倒拉走了，结束了它们的生命。我很难过，但是，我也没有办法，我只是一棵大树而已，我只是一个这片土地的见证者而已。

我传承了妈妈优秀的基因，所以，我最棒。这一次大规模的砍伐并没有涉及我。人们把我连根挖起来，用吊装机把我吊上大汽车，这是一辆专车，专门来拉我的。我坐着汽车，来到了一片绿地广场，人们在绿地最中央安置了我，我知道，这是我的新家。

妈妈保佑我，我搬进了新家，我是多么幸运，我免去了惨遭砍伐的命运，我依然还活着。

活着就好，那我就继续当这片土地的见证者吧，吟风听雪，守护着这片二级台地上的人与物，直到永远。

看，冬来色正浓！

这里的冬天是怎样的呢？很多没有到过这里的朋友，硬生生给这里之冬冠名为"剑河风急雪片阔"。如此这般，那么也就太主观了。

冬日、清晨。迟归的月亮，在朝霞的轻抚之下，还在贪恋着这美好一天的开端，这莫非就是一大奇观？一轮错时的明月，依然执着地散发着清幽的光芒，以此来迎接太阳的到来。

等太阳完全跳出地平线，当太阳散布了暖色调的光线，月亮这才淡了身姿，慢慢隐去。

冬日的太阳是瓷白色的，它散发着属于这个季节的白光，将新生的雪地照耀着。雪地的各种况物披了这瓷白色的光芒，享受着本该属于这个季节的白色。

红瑞木是异类，它的娇艳在于它浑身上下的正红，就是这样色值很正的红。有了白色日光的照耀，有了雪地发射的反光，这红瑞木比其他任何季节都来得娇羞与开放，只把这红色无私的装点，给雪地更加白皙的面庞点染一抹胭脂红。

龙爪柳有着良好的延展性与千手观音般的手段，早早地就接纳了冷暖水汽凝结的雾凇。龙爪柳在蓝天里尽情地展示自己妩媚的身姿，它有着借力攀高的心态，总想把最美的一面亮出来，再亮出来。

冬天的太阳在正午释放着亮白色的光，等到半下午，你再去看，蓝蓝的天空，在太阳渐趋柔和的光芒里，出现了诱惑宋人烧制汝瓷的天青色，这是天空最美的时间段，迎合着半下午的悠闲与懒散。等太阳再慢慢西斜，其光芒便由了瓷白色向着万道金光过渡。镀了金色的芦苇镶嵌了光晕，让冬日开启了全天暖色调的模式。

就连农田的薄雪也沾了金色的光晕，大面积的积雪没有丝毫的冷意，倒是有慢慢上升的暖意在天际一再慢慢散开。

西斜的太阳没有时间多做考虑，它是一个繁忙的画师，想着怎样尽快地把颜色调出来，哪怕乱一点。

太阳在努力，它把金色给了自己，把彩色给了天边的霞和天空中的云，时间是多么的认真守时啊，由不得太阳一再地发力。太阳也只躲在霞光后边，胡乱地施展着身手，顾不得哪一片霞涂得色彩浓烈了，哪一片云涂抹得深浅不一了。

太阳是该慢慢下山的时候了，它的余晖藏在地平线之上，发射着幽兰的光芒，照耀着旷野；雪地、农田、树木，集体进入阿凡达模式，梦幻般的蓝色四下里游走，夜就要来了。

冬来色正浓，它用多彩追光，追赶着美丽与浪漫。

看，雪地雾凇！

　　雪是这个冬天的主人，主宰了整个冬季的色彩走向，雾凇是这个季节的贵客，雍容华贵而来，给这个色彩缺失的季节来一个惊鸿一瞥，便坦荡而去。

　　一大早，天刚放亮，楼下的小树枝与低矮的枯草便着了一层厚实的霜挂。原本瘦弱可怜的小树枝变得有了几分俏皮，那原本在冬日里瑟瑟发抖的野草，更不用说了，仿佛它身披的霜挂是一件长精神的羽衣，精神焕发地等待太阳从东边慢慢向上拱。

　　人行道旁的松树，原本在这个时间段会一直用暗绿色来表达自己的长青与不老。当松针接续雾凇的轻落，那松树枝头便是花团锦簇的集合体，浓重的暗绿色，会在雾凇的覆盖下暗潮涌动，让这个白色的世界多一种色彩的绽放。

　　太阳在雪地上爬坡，当透过前方障碍物的阻隔，一丛、一束、一捧的阳光接踵而来，它们落在屋顶的草丛上，落在雪地的草丛上，干脆就给整个雾凇铺满的树林，来一个集体暖色调的光晕。雪地，雾凇的冰晶会挑动色彩的旋律，在冬天的早上来一个舒缓的滑步。

　　大片大片的雪地，空旷之间站着些树木，雪地平躺，用自身的博大来迎接雾凇一粒一粒的凝华。那些雪坡上笔直的小草，安详地沐浴冬日暖阳的轻抚，有了雾凇的飘落附着，便有了晒太阳的好由头。

　　那些高大的成年树木用雾凇装扮一番，伟岸者便更伟岸了，妩媚者便更妩媚了。往上生长的雾凇给了高大树木利剑般冷峻，往下生长的雾凇给了下垂的枝条粉盒样的体贴，一种雾凇便有了硬朗质朴与温柔似水的两面性。

　　而那些有了树叶留存的沙枣树枝，更是愿意用雾凇镶嵌了树叶的边。

　　在雪地的开阔处，总有芦苇用丰盈来迎接这场雾凇短时间的逗留。那原本轻巧怡人的芦苇花絮，迎接的雾凇过多，自身压力过大，以至于形象大改，一朵轻巧灵便的芦花，笨重得像是一头饱餐过后的北极熊。

轮到红色果实，情况就又不一样了。那些景观树的果实们，在秋风中把风韵风干了，在西风中硬硬朗朗地被冻结实了，在萧瑟之气中，泛起色彩的光波。当雾凇来时，它便扬了红色的笑脸，不慌不忙地沾满雾凇松软的披挂。

是裹了糖霜吗？一树的红色果实，一脸坐实了自己是美食的模样，甜蜜蜜地在枝头摆弄雾凇的冰晶。

一场雾凇就是一场雪地展示秀，很平常的事物有了雾凇的装扮，便有了几分俏色与吸引力。那些原本美好的事物更不得了了，借势把妖娆持续放大。

这场雾凇只参加了雪地半日游，便乘坐阳光潇洒而去，下一次要和它再来一个正面交集，那就等着老天爷来安排吧。

看，雪地里的花叶果！

秋天是走得缓慢，还是走得匆忙呢？总有那些属于秋天的花叶果，不经意间就走进了雪地。在冬天，撒播一些色彩的种子，在雪地把美好继续生长。

野生苜蓿，高大的一蓬，绿色的叶，在零度以下的气温里，还有些许生命继续生长的迹象。那些白色细碎的花，凝结着才降下的雪粒，白色的放大有了醒目的理由，和雪地相互比较着谁才是这白色世界的纯洁者。

太阳花还在石子路边斜插着站立，它的生长本身就带着很大的随意性，现在被低温固化了下来，还是秋天积极向上的模样。小小的个子，几瓣黄色花瓣和深色花蕊组成的大朵，依然向着蓝天做着冥想状，那残留的两片绿叶，恰是托举这一大朵的手掌心。

月季花还站在原地不动，只是它身边的绿地已经铺盖了一层薄雪，在一场风的作用下，雪拥在了月季花的跟前。月季花原本应该是粉色的吧？经过这一场风雪的催促，现在的月季花花瓣颜色逐渐变浅，在太阳光的照射下，很有干花的做派。这是季节赋予的，或许可以叫作冻干花吧。

薰衣草依附在灌木上，它还保持着攀附的姿态，那些雪青色的花朵只有冰冷在释放，那些曾经的香馥早就四散开在雪地的各处，找不见了。

龙爪柳的叶子还保持着秋天黄绿色的色彩，崭新的，没有变旧，叶子的肥瘦也没有变化，还是细巧的模样，可爱地在雪地里挤着暖和；那些渐渐荒疏的枝条干净地垂下，龙爪柳的浓密，在冬天一再删减，直到最后一片叶轻摇落下。

火炬树和秋天作别，来得比较痛快，一场风就可以让红色的叶片齐刷刷地降落在雪地里，只留下向上生长的枝条，保持着向上的姿态。

那些红叶曾经是多么的舒展，多么的耀眼，用一片片红色托举一个个红色的果实种子，在秋天燃烧。时至今日，红色的叶片脱了水润，轻薄地蜷曲着，躺在雪地里，有微风吹过，有睡着了的境界，怎样叫也叫不醒它。

醒着的恰是同样红色的浆果，那些灌木结的红色小果实，一串串的，经了风霜的舔舐，越发光亮起来。低温下的瞬间凝结，保持了果实的完整性，一颗颗的晶莹含着红色的光芒，照耀着雪地，给冬天一个美好的期许。

雪地有了花叶果的留存，也就有了季节相互融入的和谐，那些红色果实颗粒，一直要等到春天的枝条萌发新叶，才会慢慢老去。

看，大田空档期！

十一月前后的大田，只有少数甜菜还需要一颗一颗地起获，绝大多数的土地都陆续进入待耕或者待播的状态。这样的时间段是一个比较空的时间段，这个空，是指土地完成了孕产后的一种空荡荡的空。

秋天的天空率先进入空档期，该走的候鸟，一个也不剩地从天空飞过。老鹰孤寂地飞行着，添补天空一点流动的影像；云朵或明或暗地镶嵌在天空的四周，彩虹瘦身后，只留下一抹身影藏在云朵的身后；天空的最高处永远是张扬的蓝色，一如阿勒泰出产的海蓝宝石般安宁。

地的四周环绕的条田林，只有少数杨树还执着地顶着些许叶片，连舞动的心情也湮没在了秋风里。沙枣的果实干瘪地垂挂着，很久以来，再也没人想打它的主意了。红柳进入鹤发童颜期，苗条舒展的枝条显现出红宝石般的光泽，白丝般的叶片绒绒地缀着，绰约委婉的样子。那些及早进入休眠期的树木，只有啄木鸟喜爱停留，在树干上留下一声接着一声空洞的叩诊声。

芦花全白了，让满渠道都是毛茸茸的感觉；芦苇的叶片开始收缩，一丛一丛的芦苇在微风的作用下，结合成一个集合体，气势还是有的。那些等着秋风送子的秋草，一样把头冠上成熟的种子高举着，那是一撮完全白色的绒毛，只等合适的风力来到，它们就可以四下里在空荡的土地游走；如果幸运的话，它们会在春天开出五颜六色的花朵，招引蜜蜂、蝴蝶翩翩飞舞。

待耕的土地裸露出灰白色的残膜，打瓜的外壳、南瓜的外壳呈碎片状躺在其间，这些作物的残渣不再湿润，不再发出香甜的气息，它们已经没有能力再吸引牛羊来啃食了，因为秋天的风迅速把它们风干了。

又是待耕的土地，农人们把那些不再利用的秸秆、作物残渣、残膜归拢成一堆一堆的，然后点上火，火舌舔过地面的潮气，在一堆接着一堆黑乎乎的火堆上，腾起白色的烟雾。当烟雾在上升的阶段，不小心环绕着周边树木的枝干，烟雾开始变得稀薄了，演化成青色的烟丝带，给整个条田一种虚无缥缈的感觉。

还是待耕的土地，秸秆换取牛羊粪的工作并不顺畅，牛羊也是挑嘴的，玉米秸秆是它们最摇头见到的食物，在赠送给养羊的人家后，那些秸秆会出现在它们冬季的食槽里。于是站立的玉米秸秆，会示威般地向牛羊表示自己的美味可口。只有少数地里有农人积的农家肥，一堆一堆地按照距离分派好，就等着再把这些牛羊粪人工摊开来，就可以等着机子下地翻地了。

在连片的大田区域也有犁好的地，犁铲翻过的波浪状的土壤，保持着流动的姿势，在犁铲接触面的土壤发出平整且完美的光泽，戈壁石镶嵌其间，远观是一大片翻犁过的土地，近看，总有把石头通通扔出大田的冲动。

这即将休眠的土地就要睡着了，当大雪将它密封后，它就真正睡着了。也许它也有梦，会梦到丰产或者歉收的种种吧，这只有老天才能知道。

看，美好继续生长！

十年，时间过得真叫一个快，我把我所遇见的美好，从田间地头带回家，让这些美好继续生发，鼓励着我，把我眼中的风景用文字更多地介绍给各项事业发展的朋友们。

十年间，我有机会当了大自然的搬运工，把芬芳的泥土、植物的种子重新组合进了我家朝南的窗台，这里有着各种田间地头争奇斗艳的复制粘贴。

我喜欢土地，我喜欢种植，这大约是几千年农耕文明在自己血液里埋下的种子。

喜欢大自然，热爱生活，就把自己的日子和这片土地的生长紧密地结合起来，让大自然的美好在我家里生根发芽。

2013年，我搬进单元楼居住，我把小院菜地的土壤也带上了楼，这是我自己一直精心经营的一小片菜地。这里的土壤土质细腻，富含各种能量，特别适合栽花。

也许是这批菜地还留恋曾经的辉煌，在土壤里珍藏了辣椒种子和西红柿种子，这些种子在花盆里遇到合适的阳光和水分，便在不经意间发芽长大，开花结果。

辣椒花的纯白色、西红柿花的嫩黄色在窗台开放，还要找些枝条来支撑它们结果的重量。西红柿是黄色的小西红柿，果味纯正，果汁饱满，适合随吃随摘。

当然，随着菜地来到新家的成员，还有野薄荷。野薄荷的繁殖能力强，满盆稚嫩的野薄荷的叶片在窗台吸引阳光的洒落。

这菜地土真的是宝藏，它还悄悄地把燕麦带了回来，在花盆里自由地生长。燕麦真的是多年生的模样，这一枝是成熟的黄白色，那一枝还是浅绿色的打底，这样交错地生长，忘了四季，忘了冷暖，自由地生发，把生命的力量展示得淋漓尽致。

土能生万物，在不知不觉中，一丛红果枸杞在花盆里开始了生长。日生夜长，小灌木的特性表现得十分明显。不知不觉中，枝条已经着了岁月的沧桑，叶片却新鲜芬芳，透着一股机灵劲，一片片树叶接续着生命的力量。我猜想，在家里花盆里能种出枸杞树来也是一种缘分，多年后，把它修剪成老桩盆景，那就更好了。

很多时候，我把自己当作一个老农，我愿意在我的窗台上进行一些农事安排，吃了甜甜的西瓜，就找了花盆的空隙把西瓜子点种下去。每天有阳光的照拂，有清水的滋润，很快，西瓜苗就拉了瓜秧，冒出浅黄色的西瓜花。由于人工授粉技术不过关，没有吃到自己种的西瓜，但是欣赏了西瓜的生长过程，还是有着很强烈的满足感。

下连队回家后，经常能从卷起来的裤脚里翻出小麦的种子。小麦是有着旺盛生命力的家伙，碰点水就自动发芽，一盆绿意盎然的小麦看上去很是养眼。等麦穗灌浆了，摘下品尝，淡淡的甜味会在唇齿间留下美好的印象。

团场一直在做着农作物结构调整，那么，小茴香也可以参加到我的花盆里，散发着其特有的香味，和团场大田的作物形成一个互动。

在给种子做超声波处理的现场，捡拾了散落的长绒棉的种子，立刻拿回家进行试验，点种，给合适的水分，试验很成功，当年就收获了自己亲手种的棉花。几年下来，已经收获棉花二十余朵，最初的棉花幼苗也成了多年生的老棉花植株了，随着四季变化，它依然准时开花、结棉桃，依然定时绽开雪白的棉花。

从四季轮回出发，从大田生长出发，从我观察到的大自然出发，就集结了这本散文集。我想，我所看到的美好，我所写到的美好，还会继续生长。

王云鹏

2022年3月7日